夜晚還年輕

THE NIGHT IS STILL YOUNG

序

二十九歲那年夏天，體驗了人生至今最可怕的頭痛。

從小我就經常頭痛，百醫不得其解，那頭痛並不完全符合任何一種傳統頭痛類別，醫師說，只能說是介於緊張性頭痛與偏頭痛光譜中的某一點。然而頭疼發作，吃顆止痛，一顆不夠吃兩顆，休息休息，總會有用。但是二十九歲那年夏天，我連續痛了整整兩個多禮拜。兩個禮拜的度假，算短，但是兩個禮拜的嚴重頭痛，簡直是地獄折磨。

神經科、骨科、內科。X光、核磁共振、物理檢查。什麼都沒有。醫生說，一切正常。但頭痛還是消除不去。止痛藥吃下去，像投入一口沒有底的深井，毫無回音。第一次體會到什麼叫「藥石罔效」。睡睡醒醒，在極痛與稍微不那麼痛之間擺盪，兩個禮拜掛了兩次深夜急診，止痛針從手臂上打進去，針尖冰冷堅硬，疼痛緩緩退潮，但也不是全然消失，而是像遠雷般在遠方地平線持續叫囂。

最後，神經科醫師說，不如，去看看精神科吧。

其實我隱約知道這是怎麼一回事。曾聽說過，受傷的人，即便失去身體的某一部分，那曾經存在的肉身位置，仍會發生「幻痛」。我想像，或許頭痛也是一種幻痛，而那痛，或許與幾場重大的「失去」有關。第一，是親人重病。第二，是另一個親人的離世。第三，是我一度失去健康。

寫下這篇的現在，距離那些事情已有將近五年的時間。當初很多煩心事，如今已經過去，但是當時的我，可說是深陷在一重又一重的煉獄裡。再加上二十九這個數字，人說「逢九」遇劫，無論當代如何論述「年齡只是數字」，在現實生活的實作裡，不可能完全無視年齡的真實性。人並不是超越年齡的抽象概念，而是有血有肉有生理時鐘的活物。然而那「劫」，或許與超自然無關，而是與人站在某個關卡前的心境搖擺有關。

關卡、節點、轉捩點、分水嶺……「劫」可以有很多種定義，心境不同，結果可能往正反兩極走去。而在那個特定時空下的節點，正好，我接連遇到了許多的死亡、失去，與變異。然而這並非我應該解決或能夠解決的「問題」，而是一種全新的生活眼光，必須去面對、適應、習慣與接受。疼痛與失真感攜手而來，日復一日在同一張床上睜開眼睛，總感到自己形體潰散，必須花費數分鐘的回神才能收攏起來。許多既有認知片片瓦解，而新冠疫情正如日中天。我感到難以相信自己的身體，也難以相信有形世界，彷彿處處是威脅，下一秒便會一腳踩空，跌入虛無。

有個概念叫Liminality，涵義包括「似曾相識之地」、「閾限空間」、「建築中的過渡空間」、「中陰」，是熟悉與未知之間的橋梁，是一種已不在原點，卻也尚未抵達的狀態。在認識這個字眼以前，我便已在日常生活中，經歷各種層次與形式的Liminality。

《在路上》（*On the Road*）這本書，是「垮掉的一代」經典名作，作者傑克．凱魯亞克（Jack Kerouac）用長長的卷軸，鉅細靡遺寫下他與同代奇人橫跨美國的公路之旅。他初次從紐約搭上巴士，離開熟悉的生活，一路轉搭便車來到陌生的平原曠野。當他因極度疲累而在廉價旅館昏睡一整天，直到傍晚時分恍惚醒來，一時記不得自己身在何處、自己是誰的那一刻，他體會到的，就是一種Liminality。

「這真是我一生最特殊、最奇怪的時刻，不知自己置身何處——離家已遠，旅行的疲憊蝕透我，待在一間我從未見過的便宜旅館房間，外面，蒸汽嘶嘶叫，裡面，老舊木板吱吱響，我聆聽樓上的腳步以及一切淒涼的聲音，抬頭看龜裂的天花板，整整十五秒，我不知道自己是誰。我不害怕；我只是變成另一個人，陌生人，鬼魂附身的幽靈人生。我已經跨越半個美國，站在人生的分水嶺，後面是我的東部年輕歲月，前面是我的西部未來時代，或許如此，這種陌生的感覺才會發生在此時此地，發生於這個血紅黃昏的奇妙午后。」(摘自《在路上》，何穎怡譯。)

二〇二二年我在美國駐村，在新墨西哥州的沙漠裡待了三個月，最後花了兩個禮拜橫越美國西部，從新墨西哥州到加州，沙漠到海洋。

美國西部的地理尺度巨大，有時車子連開一個小時，週遭一棟房子、一點人煙都沒有。這對生長於臺北繁華街頭的我來說，非常奇怪。美國公路無止無盡向前延伸，身邊除了荒野還是荒野。深夜加油站的白色燈光守護著人類文明，然而光線以外，濃濃黑暗如鼻息般緊緊貼近。連綿數公里的巨大白色沙丘中，孤零零佇立著銀色的候車亭，然而公車一直沒有出現，只有細白沙粒不斷無聲貼地滾過。

走在拉斯維加斯的賭場飯店裡，繁複而俗艷的老舊地毯吸收了腳步聲；奶油色的斑駁壁紙，延伸到遙遠盡頭的走廊；數不清的房間，電梯鏡子裡的無限倒影，將你困在時間與空間的將明未明之地；尖叫笑鬧、到處亂跑的孩童，長得奇形怪狀的人們，像彩色鬼魂般擦身而過。你想起祖父母將近五十年前在拉斯維加斯同一地點拍攝的合照，照片裡的他們好年輕，臉頰散發健康的桃紅光暈，然而如今的他們，已然雞皮鶴髮，脆弱遲緩。突然之間，你發現自己也是隻「鬼」，困在生死兩點之間的Liminal space，忘了自己為什麼千里迢迢來到此處，也不再確定自己究竟是個什麼。

而我們也常常是這樣，在人生的旅途中驀然醒轉，醒在新一層次的夢裡，突然不確定自己是誰，所為何來，是做夢者抑或被夢者。不是原本的自己，卻也遙遙不見永恆的終點。

畫家喬治亞．歐姬芙（Georgia O'Keeffe）曾寫下：「一整個夏天我什麼都沒做，只是等著自己再次成為自己。」（"I have done nothing all summer but wait for myself to be myself again."）

這便是疼痛日子的最佳寫照。

日子艱難，每一天都是匍匐前進，原來活著需要這麼多勇氣，還得要有一點天真傻氣。而我發現，賴以為生的文字並無法拯救我，更糟的是，在錯誤時間進入生命的文字，甚至會造成傷害。曾有人問我文字是魔法嗎？我說，文字有時是白魔法，有時是黑魔法。而走向黑魔法的巫師，往往都是在心術不正時誤入歧途。於是愛看書的我，突然不看書了。我直覺必須從文字的邏輯暫時脫離，用肉身去感知世界，就那樣站著，坐著，時而凝視，時而沉默，偶爾逃避，偶爾衝撞，然後，等待，等待生命的韻律自行運作，將我從這一個地方，帶到另一個地方。

很久以前的一個夏天，我和一群朋友到嘉義深山的一座瀑布玩耍。

瀑布前有一座深潭，我們在深綠色的水裡游泳嬉戲，突然一個朋友提議，要不我們穿過瀑布，去看看瀑布後面有什麼東西？

我的游泳技巧，僅限在室內泳池來回游幾趟不停，面對大自然千變萬化且生機蓬勃的水域，心裡只有不安。再加上媽媽小時候總恐嚇水裡有水鬼，以及兒時一次差點在陽明山小河裡溺水的記憶，讓我更是害怕野生的水。

眼見朋友一個接一個開開心心朝瀑布游去，又一個接一個成功穿越飛瀑到達另一岸，我的焦慮不斷上升。瀑布後方的朋友們喊著我的名字，笑嘻嘻要我趕快過去，我卻猶豫不決。這時，當時的伴侶把一個游泳圈套在我身上，在後面推我，說，我們一起過去吧。於是我就這樣半推半就地，越來越靠近那座瀑布。水聲越來越響，直至震耳欲聾，一股夾帶著水氣的勁風朝我猛力吹來，直到眼前只剩下白花花的水和白花花的聲響。眼看就要穿越那從數公尺垂直而下的巨大瀑布，恐懼淹覆了我，但是我無法說不，甚至也來不及說不，水用力沖刷我的每一寸皮膚，那樣實實在在，像千鈞子彈一發發打在身上，好像所有孔洞都要被填滿。就在一切即將超越臨界點，瀕臨全面崩潰時，我通過了。耳裡是朋友們的笑聲，瀑布此時在我身後，眼前是一片乾燥的小淺灘，朋友們都在那灘上，明亮陽光變成水波在他們身上蕩漾，穿越瀑布的腎上腺素蔓延，我們興奮地不斷發抖。

那天上岸以後，我再一次回頭凝視那瀑布，發現它根本不如我原先想像得那麼高聳恐怖。甚至那潭水也沒有我原先以為得那麼深，到處都是帶著小孩來玩水游泳的家庭。

那次以後，每當我感到害怕，我總會想起那座瀑布飛濺到臉上的冰涼水氣，與恐懼與興奮化為一體的越界感受。

後來，我只去看了一次心理醫生，話不投機，但至少那醫師說，無論我在世界何地，只要想找人說說話，一通電話就可以聯絡到他。這一句話，我記到現在，即便後來我再也沒有打給他。

然後，某一天，頭痛消失了。那一天什麼都沒有發生，沒有嘗試什麼止痛特效藥，沒有什麼人起死回生，也沒有什麼天大好事發生。就是那麼平凡的一天，突然就不痛了。這也是在意料之中，畢竟世上永遠不變的就是變化，什麼都會過去的。於是我想，許多事情的發生，沒有應不應該，對或不對，這些預設與期待，其實都是瀑布。但是總會感覺好或不好，喜歡或不喜歡，於是如何協調感情，成了我專注練習的事。

夜晚沉降了下來。曾經我以為自己怕黑，後來卻發現我害怕的不是黑，而是萬籟俱寂時，內心紛雜而起的聲音。然而在經歷了動盪的幾年後，我開始學習駕馭黑暗，以及面對瀑布時的心理穩定。夜晚，和朋友出遊，曾聽過「The night is still young」這樣的說法。夜晚還年輕。意思是夜已降下，夜已進入感知與意識，這時你或許會說，太晚了，我累了，該睡了，但也可以說，還早，還有新鮮的，還想多玩一會，我們去續攤吧。

一度逃離文字的我，最後還是又回到了文字。

這本書裡收錄的，便是我在形形色色的「夜」之中，汲取、提煉、歸納、創造的一些故事。舞臺上來來去去的角色，沒有完全的虛，也沒有完全的實，但他們都乘載著一些痛，一些失去，一些迷惘，一些希望，以及一些荒誕與好笑。他們都在一覺醒來，或在一個莫名的節點抬起頭來，突然發現自己置身在一片難解的蠻荒之中，進退兩難，半途迷向。他們的匍匐、試探與奔跑，也是我的匍匐、試探與奔跑。

我沒有答案，但是夜晚還年輕。

這本書的篇章，寫於臺灣、新墨西哥與英國。

感謝伴侶J.E.S，親愛的家人與朋友，出版社的夥伴，還有讀到這裡的你。

Contents

序 …… 4

I AFTER DARK

過境飯店 …… 17
夜晚還年輕 …… 27
銳舞山海 …… 37
肉的囈語 …… 49
無有情 …… 59
不過是等待 …… 71
模擬人生 …… 81
童年的街 …… 91
一場巴黎婚禮 …… 109

II
BEFORE DAWN

糖寶貝……125
等待夜風捎來答案……147
囤愛……163
寂寞飛地……185
夢中孤島無邊無際……211
夏季不值得傷筋動骨……253
東方美人……269

過境飯店

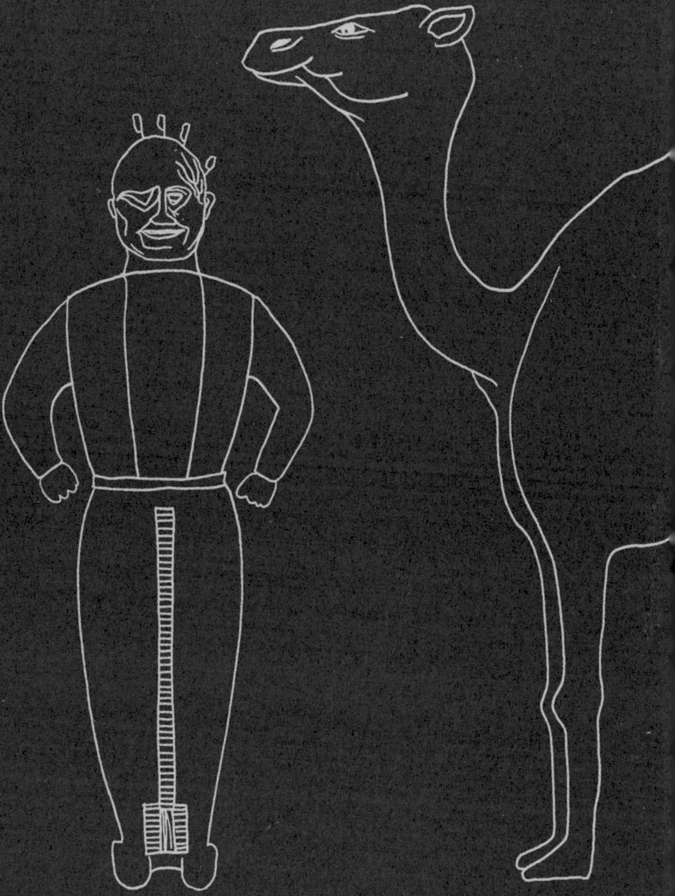

凌晨十二點多，下班飛機不等上一班的交棒，隻字不留起飛了。

於是就這麼跟著一班疲憊的國際旅客，像遺失在巨大輸送系統的雜色行李般，被丟包在時與空的縫隙中，從喧鬧紛雜的人間場景，跌入安靜空曠、只開了一半舞臺燈光的世界後臺。

機場打烊了。免稅商店靜默，餐廳、咖啡廳座位空蕩，只有冷氣在某個神祕角落無聲運轉，永遠冷得那麼淡然疏離。最後一批空服員拖著輕便行李經過，有的獨自低頭滑手機，有的和機組成員說說笑笑；一群人像羽毛被風梳得亮澤的候鳥，體內建著羅盤，腳步堅定地行進而去，有某個地方，或是某個人，正在等待著他們。行李箱滾輪、細碎交談與跟鞋敲地的嘈切聲響漸漸消逝遠去後，只剩下透明的香水氣味滯留，裡面沒有夾帶任何情感訊息。

明明非親非故，卻有一種遭人拋棄的背叛感。

凌晨時分，從天花板降至地面的高聳落地窗外，是雲層籠罩的黑夜，厚重的玻璃阻絕了世界的聲響，外頭的風強烈而喑啞。偌大的機場，某些區域還亮著燈，某些區塊則隱蔽在陰影下。我和一群共同經歷了長達十三個小時顛簸的同班機旅客，拖著大包小包，喪屍般朝轉機櫃檯蹣跚走去。我從來無法在飛機上進入深層睡眠，亂流的震盪不斷擾動神經，即便知道那亂流影響機身的幅度微乎其微，仍無法理性消解那被侷限在一個密閉金屬艙體內、無論發生了什麼事都束手無策的失控與失重感。每一次的上下起伏都擾亂體內複雜而平衡的涓流，皮質醐不規則釋放，阻礙休息所需的乏味重複性節律。

長途班機實在太過折磨，真想在平坦寬敞的大床上攤開每一根筋，排列每一根骨，魂飛魄散地好好大睡一覺。當我紅著乾澀雙眼、拖著痠痛身體抵達轉機櫃檯，見到現場只有一個地勤人員在崗位上，面對著少說起碼超過百人的等待隊伍時，忍不住深深絕望起來。

排在我前面的，是電視廣告會出現的那種金髮碧眼白人家庭。白人夫婦看起來很累，黑眼圈瘀青般垂掛眼下，不像廣告裡總是活力四射、明眸皓齒的模樣。現場百多人，不同的目的地、不同的需求、不同的疑難雜症，轉機櫃檯的地勤女子像睡到一半被叫起來做排列組合數學題一般，滿臉倦容，臉浮腫得連厚粉底都遮不住，行動恍惚遲緩，每一組旅客習題平均得花二十幾分鐘才能解答完畢。我計算著大概多久才會輪到自己，最後認命體認到站著引頸企盼並不會加快隊伍速度，索性放下背包，席地而坐，把自己全然交付給命運。

前面的白人夫妻帶著兩個小男孩，男孩年紀約五到七歲之間，百無聊賴地在父母腳邊亂轉一陣後，累了，揉揉眼睛。那對夫妻將打瞌睡的孩子放到行李袋上，再為他們蓋上外套，孩子們很快便陷入熟睡。我體內的一股尿意已醞釀許久，卻無法放心將自己的行李託付給任何人，更不可能在此時離開隊伍重新排隊。倦意、尿意、煩意與怒意越疊越高，看著睡在行李袋上那兩個麻糬般粉嫩圓滑的小臉蛋，那麼歲月靜好又與世無爭，竟生出一種微妙的妒忌。想起小時候忘了去哪，一家人從外地開車返家，車在夜晚的高速公路上行駛，我與妹妹肢體放鬆地倒在後座，窗外一片漆黑，看不清輪廓的不知名村鎮飛逝而過，前座父母交談的聲音那麼普通平常地傳來，那樣的可預測性與熟悉感令人安心，一顆字一顆字像一隻又一隻從懸崖跌落到綿綿雲朵上的羊，我放心地讓眼皮重重地沉下，再沉下……

已經很久，沒有過那樣全然託付自我的安定舒適。無知無憂的時候，最不怕大張旗鼓地磨損自己。小學三年級時，見同班同學配戴眼鏡，看起來好成熟、好大人，於是開始刻意在陰暗的環境裡閱讀，暗暗期待視力快速退化。殊不知成年後成了大近視眼，才發覺眼力不佳多麼不便；十七歲時，迷上龐克與搖滾，讀了幾本音樂家傳記、聽了一些歌後，忘記怎麼弄來了一包菸，躲在午後陽光明亮、無人的家中浴室點火。此生第一口菸，質地厚重粗糙如夾雜了石英微粒，彷彿深深吞入了一道沙啞微熱的聲音，一個在原有的我之外的，新的聲音。

即便從來沒有真正喜歡過菸味，甚至深受菸後的神經緊張與精神上的烏煙瘴氣所擾，好長一段時間仍舊為了建立一種想像人設而養成隨身攜帶菸草與捲菸紙的習慣，抽空菸以維持虛假的形象。直到有一天終於感覺受夠了，戒了，才發現生活並沒有任何改變，漫長的假菸癮彷彿一場從來無人觀賞的戲，孤獨開演，孤獨謝幕。

接著，自我磨損的目標轉向肉身的探索，積極尋找願意與我共謀之人。心願不難達成，只是當它發生的時候，一切都與原本預想的完全不同，沒有所謂激情、柔情或愛情，甚至缺乏任何值得一談的情節，只有因初次受到他人凝視而初次迸生思考的，諸如「該不該刮毛」、「該用什麼抑揚頓挫發出聲音」、「該說些什麼或乾脆什麼都不要說」這類看似雞毛蒜皮，實則情節重大的問題。沒有愉悅，甚至也沒有任何逾越感，只是就這麼發生了。跨過一道界線，所有的既定象徵與附加意義就全新重組，有些事不一樣了，表面卻無太大波動，近乎無聊地彷彿被告知了一件發生在別人身上的事。

人生是不是都有一些年歲，必得獻給自發性的塗鴉與毀壞？心底那股想要透過破壞與背棄來形塑自我的衝動，究竟是一種模糊的人類天性、是越禁忌越想衝破的青春期反體制、是太宰治那種對生命死纏爛打耍無賴的痛快，還是只是我終究深深聽進了童年時期家中一再出現的奇異告誡：人類社會很醜惡，你必須習慣被惡意攻擊，才能磨練出足夠力量去面對這個世界真正的壞人。

言外之意是：我畢竟不會真的傷害你。

然而到了後來，我已對追溯過去與拆解因果喪失了大半興趣。

當初生意識仍如稀疏林地般空白，東缺一塊、西禿一塊遭遇著捉襟見肘的尷尬困窘時，你勤力焚林施肥播種，尤其對奇花異卉情有獨鍾，彷彿那堆疊拼湊而來的園林，會因你異於常人的選擇而反過來證明你的特殊性。然而你並不知道那些種下去的，最後又會以何種有機的方式雜交變異，你從來沒有想過你是否真的會喜歡那樣的情景，就只是一昧發了狂般圈地耕耘。

然後有一天，你發現在不注意的時候，一片密不透風的密林將你圍在中央，樹根連著樹根，精細的根系觸鬚與花莖交纏盤繞，濃烈陰鬱的異香拂面而來，像季風雨後濕重得彷彿衛生紙吸飽了水，服貼在你全身的毛孔上，飽滿明亮而窒息。這一切已經走得太遠，你發現自己身在密叢的當下，來時路已經在你背後永遠合上消逝，再也辨不明人事物間錯綜複雜的關係，越是奮力條理分明，越是深陷泥淖。

突然就醒悟了，所有容易辨識的離經叛道，其實都只不過是一種變形的從眾。當你還渴望著被看見、被理解、被喜歡、被歸類，那企圖表現不屑不羈的態度便就地瓦解——到底還是巴巴渴求著旁人的情感施捨，到底還是便宜行事地借用了早已存在的符碼系統。

但似乎無法避免的是，如果沒有那些嘗試，可能永遠不會有後來其他層面的體認——或許固執的純真會在世事必然的不斷演變中，逐漸淪為麻木、盲目與愚蠢。或許沒有薛西佛斯反覆失敗的追求，就長不出認命低頭的謙遜，在平凡與重複中覓得相對踏實的安全感，說服自己，薛西佛斯其實是快樂的。

12
TH
#TEAMPOLA
ONGLES AMERI
ABBY CHAO
LE N°1 DE LA COI
AFRO AMERIC

也有可能那樣真的會過得比較開心。誰知道呢？

最後我在凌晨五點多，被安排住進機場外圍的過境旅館。

窗外，太陽在遙遠的建築群後方現身，天空是淺黃與淺藍的漸層，晨星隱隱閃爍，這一夜將翻未翻，凝固在懸空狀態。在歐亞大陸另一頭等待著我的人，還在漫長的深眠中，對過去數小時我所經歷的種種波折與大幅亂套的計畫毫無意識。

沖了熱水澡，大口灌下一整杯水，我濕著頭髮、光著身子坐在窗前編織磨損的沙發椅上。看著太陽以極慢的速度緩升，直到明亮的陽光照進房間，在床與地毯的邊緣印上金黃方塊，四下一片寂靜。乾涸龜裂的嘴唇慢慢回復濕潤與彈性，痠痛的肢體泛起一股麻麻的鬆弛感，排泄後空蕩扁塌的膀胱低吟著滿足。

下一班飛機四個小時後起飛。該睡還是不睡？睡了會不會錯過班機，就此困在這無間道般，時間不是時間、地方不是地方的過境旅館中？

我回憶著剛才排在我前面的那個家庭。想像著他們後來坐上哪班飛機、前往哪個城市、在哪條我從未聽過的街道下車，如釋重負地回到家中，去過他們龐大紛雜直至死亡也與我毫無關係的人生。

我甚至已經忘記他們長什麼樣子。

驚鴻一瞥的短暫錯身，以一種寂寞體感留存下來的，是那兩個小男孩倒在行李袋上熟睡的模樣。烏克蘭裔巴西作家克拉麗絲．李斯佩克朵（Clarice Lispector）曾經寫過一個故事，故事裡的女孩創造了一個好笑的男人角色。這男人身患怪病，地球的重力作用不到他身上，所以他從地表跌了出去，不斷掉落得越來越遠，遠到連創造他的女孩都不知道他的命運將降落何方。但這男人太習慣掉落，直到最後，他學會如何掉落著吃，掉落著睡，掉落著生活，直到他死去為止。他會繼續掉落何方？沒有答案。

多年後長大成人的女孩，在窒悶空白的家庭主婦生活空檔，恍惚想起這件陳年往事時，她感受到的不是害怕不安，而是一種新鮮如傷口般的凜冽自由。痛，且快。而那，當然也是一種相對而生的情懷。

夜晚還年輕

夜貓看夜貓，有時光憑穿著，就能辨認彼此過的是什麼樣的夜生活。

牛仔褲、貓眼線與平底鞋，多半不喜過度鋪張華麗，一個地方只要有知心音樂，有Happy Hour平價啤酒，有三五好友，即便空間積滿陳年二手菸味，桌椅坑疤搖晃卻永不汰換，也不計較太多，地方越破爛她越覺得親切。喜歡獨立音樂勝過百大排行，華語金曲和英倫搖滾都琅琅上口，醉意湧上來就四海皆朋友，可以瘋癲玩樂也可以一起抱頭痛哭。半夜三點坐在人行道上最是交心時刻，手裡夾根菸，地上幾罐喝完了的空酒瓶，談天說地，直到天明。

若是見到全黑裝束、未來感金屬、妖艷魚網襪、高腰丁字褲與各種怪奇飾品的組合，推測十之八九是在非主流夜店出沒的常客。這類人善於拼裝各類視覺衝突，鑰匙圈掛的是可愛的Hello Kitty吊飾，頭頂梳兩包俏麗的春麗頭，童年至今的偶像是美少女戰士或凡爾賽玫瑰。然而她一個晚上可以抽掉三包香菸，熱愛狂暴的實驗電子音樂，渾身散發致命吸引力，從廁所走出時眼神迷濛，你永遠不知道她實際上在裡面是在拉屎還是拉K。

至於週末夜晚在大安與信義一帶，可以見到極高比例的高跟鞋、水鑽絲綢雪紡與緊身性感洋裝。紅酒香檳柯夢波丹。Lounge Bar舞廳私人會所。一雙雙腳從計程車門下踩出，無論至今同樣的夜晚已經重複了多少回，每一次依然有社交名媛初次亮相的微小亢奮；那一雙雙腳各自出走，前往夜的不同角落，有的腳步心事重重，有的志在必得。作家金宇澄在《繁花》裡寫道：「女人的眉毛，是逆，還是順，代表夜裡是熱，還是冷。」只要在夜店廁所鏡子前，匆匆瞥一眼隔壁鏡中女子的底妝是否補過、口紅仍否整齊、下眼睫毛膏是否暈開、髮尾是否沾黏嘔吐物殘餘，便可猜知對方今晚是滿載而歸，是失魂落魄，還是剛剛哭過。

還有一類人，即便活在都市中心，也過得像棲居山海的精靈一族。打開衣櫥，嘩啦啦滾出的是蠟染服飾、沾染線香氣味的寬鬆棉布衣衫、手作風格的自然民俗風小物。這類人能接受的音樂風格極廣，可以從強硬的Techno、迷幻的Psytrance、莫名其妙的實驗電子、某個名不見經傳老人拉的二胡，一路聽到嬉皮音樂節的空靈手鼓。有容乃大，什麼都難不倒她。她可以在有溫控的室內舞廳旋轉跳躍，也可以在荒郊野外翩翩起舞。她有時自嗨，有時借用某些人工或自然物質抵達至福至愛，雖然偶有迷失，生命卻總能找到出路。

當然還有許許多多逸出典範之外，在可預期與不可預期的界線間擺盪之人。

成為夜貓，始於對音樂的熱愛。學生時期，一路參加的都是些音樂性社團，國小吉他社、國中管樂隊、高中組樂團，大學玩DJ。每年農曆過年領紅包，隔天醒來的第一件事，就是央求爸媽帶我去誠品敦南店逛唱片行，那裡有成千上百張專輯唱片，每一張都是全新的探險。紅包預算有限，必須全神貫注精挑細選，而我總是根據對CD封面的好感度與試聽的前幾首歌作為判斷依據。回程路上，小心翼翼把CD放入圓形的隨身聽，戴上耳機，進入個人小世界，反覆聽過一首又一首，好聽不好聽都是自己的選擇，心情無比滿足。

曾經，音樂僅是這麼單純的，一個人的事。買專輯，聽歌，翻歌詞本，把喜歡的歌燒成一張張CD送給好朋友。然而，隨著年紀增長，社交圈子越來越大也越來越複雜，音樂開始和夜生活掛鉤，喜歡音樂的我，漸漸也愛上了夜生活。

大學時期經營DJ社，那時學校其他社團的社辦，都位在一棟活動大樓內，唯獨DJ社彷彿被發配邊疆般，被安排在大禮堂地下室，一個遠離所有系所與辦公大樓、又小又暗根本是儲藏室的地下空間。

這樣的邊緣位置，卻創造了一種不被管轄的自由自在氛圍。重新粉刷整理後，裝上派對燈、擺好ＤＪ檯，再架起兩個大音箱，就有了地下舞廳的味道。平時社員練ＤＪ接歌刷碟技巧，隔三差五就舉辦派對當作成果發表，新竹一帶沒什麼好玩的夜店，因此每次辦活動，少則十幾人，多則百多人，小小社辦熱鬧不已，人群從裡面溢到外面，暗色浮動的燈光下，曖昧橫生，青春躁動，都藉著音樂與夜色的掩護張牙舞爪。

然後，九〇年代出生的我們，一個接一個畢業，進了職場，賺了點錢，開始有預算可以到真正的夜店跑趴。

臺北處處是派對，燈火通明、霓虹燦爛，風吹來一陣陣燃燒年輕與慾望的氣息。信義區有很多酒精喝到飽的夜店，適合口袋淺、行頭少，沒酒錢有酒膽的學生族群。只不過這種地方乍聽划算，實際卻相當折磨人——有時光是想喝一杯酒，就得排長長的隊，動輒二、三十分鐘以上，省了錢卻賠了時間與力氣，一晚也沒真的喝到幾杯。半夜三點的分水嶺過後，看對眼的早已一對對離開了，剩下的場子瀰漫著一股求偶焦慮的氣息，灑出的酒水讓地板變得溼滑黏膩，孤男寡女正使出渾身解術最後一搏，而掃地阿姨卻早已目空一切打起掃來。

最常和朋友光顧的，是信義區的Room 18。每每從夜店門口的階梯一格格走下去，聽著音樂越來越大聲，眼前黑暗漸次替換為舞臺雷射閃光，心裡總是小鹿亂撞、怦怦跳動。

很少夜店是一開門，舞池就直接出現在眼前的。多半時候，得走上或走下某個樓梯，推開一扇或兩扇門，通過一關又一關的身分票券查驗，才能像剝開層層外殼一般，抵達夜晚的心臟地帶。模糊卻張狂的人聲笑語，震動全身的電子音樂，尚未揭示卻即將掀開布幕的熱鬧場面，彷彿在耳邊輕聲告訴你，別急，夜晚還年輕。

二〇一〇年代，臺北的Roxy系列夜店還碩果僅存，和平東路那家是我的最愛。地下室有三個廳，最裡頭的是黑膠室，陳列了古今中外大量唱片，英語華語臺語，隨便翻隨便點。外面兩個廳，一個放流行電子，一個放獨立搖滾。我常在獨立搖滾廳混到深夜打烊才走，ＤＪ檯後方是個看起來好像永遠沒睡飽的中年男子，不修邊幅，不苟言笑，嘴角叼菸，散發一種冷漠厭世的距離感。然而他在混音桌前放了一些紙筆，想要聽什麼歌，只要寫在紙上遞給他，無論多奇怪多偏門和當下氣氛多不搭的歌曲，這位ＤＪ總能找到合適的地方巧妙地混音進去。Roxy不拘小節，收容了各路靈魂，要在這邊搔首弄姿可以，要在舞池裡劈腿拉筋也可以，無人斜眼也無人管束，有菸可抽、有酒可喝、有音樂可聽就天下太平。

沿著和平東路往下走，公館一帶河岸邊，是PIPE Live Music。

PIPE舉辦大量電音派對，地點位在橋下，腹地廣大，以前只有零星幾家小攤販，後來卻一夕雨後春筍，多出好幾家戶外酒吧和披薩熱炒；晚上的燈光與河水相映成輝，有人喝酒聊天，有人約會溜狗，非常熱鬧。像這樣有戶外廣場可供消遣的，還有圓山的Maji Square，不到十年前，這裡只有一家叫Triangle的夜店，後來卻百花齊放，一下開了好多家特色酒吧與舞廳，走到哪都是震耳欲聾的電子節拍，人群在店家與店家之間自由穿梭，新歡舊愛眉來眼去，這是一個看人和被看的大型獵豔場。然而對我來說，此處最珍貴的是廣大的戶外休憩區和花博寬闊的草原，有時週末想出門透透氣，又不想上夜店傷筋動骨，就和朋友約去Maji，在人間派對的外圍喝酒閒聊廝混，享受週末人潮的熱鬧氣氛。只不過這幾年此區發展太盛，亂象叢生，政府機關先是在整個區域外面圍上了鐵柵欄，進出查驗證件，後又規定店家打烊時間大幅提前，從前那種近乎無政府的嘉年華氣息，或許就要走入歷史。

然而電音愛好者還有很多選擇。Pawnshop、S9、FINAL……出入這些新潮電音場所，有時彷彿走進世界潮流伸展臺，舞客承襲倫敦東京柏林精神，揉合生猛臺灣味道（有時再來點SHEIN網購時尚大雜燴），奇花異卉一朵朵，在迷離黑暗且煙霧瀰漫的舞廳裡埋頭舞動，靈魂在音樂裡出竅，淋淋漓漓大跳一場。清晨時分從昏暗且充滿濁氣的地下巢穴鑽出，灰色的臺北還是那樣空曠安靜，奇裝異服的鼴鼠族作鳥獸散，趁著陽光普照大地以前，躲回各自的巢穴休養生息。

只不過時光流逝的現實，總是在最不經意的時候冒出來打擊。許多過去經常光顧的場所，某一天再去卻赫然發現，怎麼這裡的人看起來都這麼年輕，怎麼好像原本的人全換了一批，從前那些熟識的面孔不知都到哪去了？

《俗女養成記》有句經典臺詞：「二十歲喝醉酒是可愛，四十歲啊是可憐！」

趴齡十幾年的我，如今年紀也邁入三十，不禁開始思考，跑趴是否有「合理年齡」的限制？據說在某些國家，年過三十就被歸入「老人」階級，上夜店不是在門口就被拒絕入場，便是被二十幾歲的年輕人視為不要臉。

不同的氣氛與消費引來不同的人群，有些場所，的確開始給我一些不合時宜之感，然而在夜店，總會在一群青春面孔當中，見到一兩個雞皮鶴髮、彎腰駝背、衣著樸素的老先生或老太太，兀自在角落熱情舞動。他們旁若無人地沉浸在自己的世界，有時開心起來，還會帶動一旁放不開的年輕人一起玩。從前見到這樣的老人，總是讚嘆他們的體力，同齡人在家裡早睡早起、做早操、打精力湯，他們卻在這裡跟著年輕人徹夜狂歡、燃燒生命。不禁思考，究竟是怎樣的人生曲線，讓這些老人「淪落」至此？然而至今偶爾還是跑趴的我，開始慢慢懷疑，自己有一天，會不會也成為這個奇怪族群之一。

但是「怪」有時也是一種幸運或特權，在某些地方，「怪」會引來撻伐羞辱，甚至殺身之禍，但在一個能夠容納異質的所在，「怪」或許會引來側目，卻無人真正能拿你如何，如此，反映的便是一種珍貴的多元與自由。

而有時候，刻意不服老，為的也只不過是對某一個青春版本自己的無限念想。

夜晚還年輕。那是夜店人生最令人心動的感受。就像旅行前倒數計時的期待、約會前夕充滿粉紅泡泡的白日夢，又或是一早醒在陽光灑落的嶄新一日。腐敗尚未啟動，來者盡是全新、仍在爬升的上坡，妝還沒花、腳還不痛，心上人正在某處等待，故事仍在進行，各種可能性讓人血液沸騰。

如今偶爾還是光顧夜店，然而二十幾歲那種玩得彷彿沒有明天的生猛幹勁，已經慢慢冷卻。倒不是體力問題，而是心境上的轉變。青澀的夜店人生，追尋的不僅是音樂，也是紛亂夜生活場景掩護下，對於愛情、友情與生活的自我實驗。從前看不清的，漸漸看懂了，於是再也不需要那些爛醉如泥，那些反覆試探，那些誇張矯飾，蜿蜿蜒蜒、東躲西藏地辯證心中問題。

或許，夜店老人的旁若無人之境，也是一種不被物役的體現，掙脫他人的眼光與期待，想跳就跳，想玩就玩，那是與肉體年齡並不絕對相關的鮮活心境。在那個世界裡，無論是一廂情願，還是坦然自若，夜晚永遠年輕。

銳舞

山海

某段時間，我熱衷於參加各種舉辦在深山、海岸、廢墟等偏荒之地的電子音樂派對，這些派對使我離開熟悉而侷限的臺北，引我深入廣大的鄉野村鎮地帶。

從來搞不清楚這些派對究竟有沒有（或需不需要）某個官方機構認證的許可，總之永遠都是某個朋友聽某個朋友說，哪裡又要辦派對了，大夥便快速召開會議、討論旅行計畫、訂購車票旅宿，在幾日內迅速定案，日期到了所有人準時在會面點集合。我們跳上火車、巴士，轉公車或計程車，甚至徒步爬山，不惜艱辛，長途跋涉到達派對場地。年輕的我們皮糙肉厚，這樣的翻山越嶺不是折磨，而是令人亢奮的冒險。

野外派對往往延續數日，多半位在沒水沒電、沒有任何建築遮蔭、周邊一家商店都沒有的荒郊野外。因此物資必須帶足，人人肩上、手上都扛著大包小包，裝了水、零食、換洗衣物、雨具、藥品、帳篷睡袋、露營工具等等。而那種「趴齡」十年以上的資深派對人，已然媲美野外求生高手，全身家當都收在一個飽經風霜的後背包裡，整整三天穿同一套簡便裝束，下雨淋濕了就脫下來放在石頭上，讓陽光曬乾後繼續穿；身邊或許還帶著一條狗，狗很有靈性，不繫鏈子也不會走丟鬧事，亦步亦趨跟在主人身邊。此類人散發著一種無論置身何處都能存活下來的自信，而且通常人脈廣闊，很輕鬆就可以蹭到各種飲食物資。累了就睡在樹上吊床或朋友的帳篷裡，手腳輕盈，來去隨性，連趴數天不露一絲疲態。

山林海岸間沒有電視、電玩一類現代娛樂，但總會有一群善於玩光弄火的舞者。他們打開各式LED光球，點燃火棍、火球、火扇等道具，一個靈巧手勢甩出，肢體配合上音樂節奏，就地跳起炫目的光舞、火舞。夜空下一群黑夜精靈們翩翩起舞，鮮豔色彩與赤紅火花，在半空中交織出繁複而絢麗的圖案，光影明明滅滅，彷彿開了又謝、謝了又開的一朵朵曇花，上一刻形影消散留下的驚嘆還未褪去，下一刻新的明亮絢彩又烙印到視網膜上。深邃夜空下，彷彿一場盛大而神祕的馬戲團演出，許多人乾脆席地躺下，觀看這由光焰重組幻化而成的瑰麗星圖。

一九五〇年代末的倫敦，開始竄出一種叫做「銳舞」（Rave）的波西米亞狂歡派對，兼容了加勒比海音樂、狂放爵士、即興朗誦等藝術能量，是都市青年釋放靈魂汗水、暫時脫離現實的出口。一九八〇年代，美國芝加哥地下俱樂部興起Acid House運動，隨後席捲英國，迷幻電子音樂成為銳舞文化的核心之一，人群像蛇跟隨著魔笛旋律般追逐著電音節奏，進入倫敦郊區的倉庫、廢棄工廠、隱密的野外廢墟。音樂縫補所有差異，人們忘情舞動，自由精神對抗社會束縛，直到黎明再次破曉。

或許脫離日常的情境使人心生團結，在這樣的派對上，人們彷彿有一種不言說的「自己人」共識，很多事情你懂我懂，一個眼神就心領神會。好玩的、不好玩的，互相介紹或警告，氣場相合的人即便素未謀面也能很快玩在一起，人人四海一家慷慨大方，營地上多煮的食物分送出去，走暗路時順便幫後面的人照手電筒，有人跌倒流血了，馬上有其他人包圍幫忙。空氣裡瀰漫著自由的野性——在這裡，我們離家很遠，暫時褪下社會身分與日常角色，在大自然的臂彎中盡情放鬆，隨著音樂與大地的節律舞動。

都市的夜店，橫流著紙醉金迷與氣味複雜的費洛蒙，男男女女穿上彰顯行頭身材的衣著，開昂貴的香檳，喝杯腳纖細的雞尾酒，看性感舞者搔首弄姿，狩獵目光來回掃射，肉體在近距離磨擦中垂釣一夜溫存；時不時還有渴望關注的人做出灑鈔票、發酒瘋、打架鬧事等戲劇化行徑，舞池裡純粹跳舞的人反而是少數。名酒、名錶、名牌服飾，整形與否，口袋深淺，乍看光鮮亮麗卻遮不住動物性的醜陋粗糙——被關注、被接納，性與愛的無盡渴求。

然而在山海之間，雖不能說情慾的追獵遊戲不存在，但很多時候那並不是重點。

某些較為簡單且私人的野外派對，通常由幾個志同道合者共同謀畫。所有參與者有錢出錢，有力出力，力氣大的幫忙扛器材，眼光好的負責裝飾場地，手藝不錯的為大家烹煮食物，有藝賣藝，以物易物。而盛大一點的派對，多半辦在山野間的露營地或度假村，主辦團隊往往花費大量成本架設場地舞臺，規畫行動酒吧、食物攤車甚至藝術市集，且有完善的垃圾回收與環保餐具租借系統，雖然門票可能較貴，卻能享受到供應熱水的淋浴設施，手機沒電了還有插座可以充，肚子餓了不怕沒東西吃。

派對現場，少有物質方面的顯擺，無論人們造型如何鮮豔奇詭、言行舉止飽漲多少熱切激情，整體都還是透著一股赤腳踏地的樸實自然。人人置身壯闊的山海之間，再驕傲的都會低下頭，返璞歸真為自然之子。

那段時日，一起玩樂跳舞的，是一群關係緊密的好友。這群朋友人人性格鮮明，各有古怪和脾氣，彼此間偶有摩擦齟齬，但奇怪的是怎麼吵都吵不散，甚至感情還越來越好。後來我才漸漸理解，那是因為我們雖各有缺點，也有彼此嚮往的優點。

置身荒煙蔓草之地，彷彿暫時脫俗，一一卸下人世的各種身分標籤，我們不過是一群由骨肉神經交纏而成的活物，共時共地，漫遊在這包羅萬象令人炫惑的物質世界。我們探索著自己，也摸索著彼此，反覆掂量人性的明面與暗面，彷彿是對存在的一種無盡追索——我們在其他人眼中，索取的、疑惑的，看見的與看得見的，總是當下的與未竟的自己。

總是驀然驚醒，才發現自己身在一個難以言喻的陌生境地。

強風吹襲的暗夜大草原，一隻巨大的粉紅色公牛孤零零站在平原中間，玻璃珠般的眼球空空如也地看著我們，裡面沒有牛的靈魂，只有我們扭曲的倒影。

夜晚雷電交加的海岸邊，逃進密林深處躲避狂風驟雨，電光明滅間，瞥見四周的樹叢裡，有無數雙不知名動物的眼睛一眨一眨，牠們只是看著，卻不現身。

有時一醒來，發現自己身在高山森林一個明亮清涼的早晨，猴子在帳篷外吱叫窺探，鳥群在樹冠上清脆啼鳴，昨夜的記憶像蒸發的水漬，只剩下淺淺的印痕。

又或某日深夜，在墾丁，凌晨三點，沙灘上的派對即將結束。突然誰的朋友告訴我們，在屏東滿洲鄉某處，有另一個派對正在進行，且將持續到黎明。有人借了車子，一行人開兩臺車，沿著深夜的東部海岸公路摸黑行駛，最後在一片靜寂中，抵達一個陌生的小鎮。鎮中心廣場不過一個圓環大小，周圍建築十分古老，感覺有著上百年的歷史，黑而歪斜的窗戶彷彿百年人瑞深邃且蒼老的眼眸，冷漠地打量著我們。正納悶在這樣的地方、這樣的時間怎麼會有派對時，就會在峰迴路轉之際聽見某個方位傳來微弱樂聲，彷彿海岸號角穿透迷霧而來的信號。

太陽升起時，我們精疲力盡坐在一個露臺上，口乾舌燥，肌肉痠痛，體內的青春汁液似乎都流瀉殆盡。前一夜的記憶彷彿七彩幻燈照在反光的流蘇亮片上，朦朧夢幻，熠熠發光，折射出如夢幻泡影般的映像裡什麼都有，有瀕臨極限的歡快，有幽深怖人的恐懼，有憂悒冰冷的不祥預感，有雀躍奮起的樂觀心緒，種種情感風馳電掣地呼嘯而過，起伏流動，明暗交錯。而這失控沸騰的意識幽魂卻在耀眼晨光的照射下，突然間收束靜止，像一片平坦的光，緩緩向下沉澱、再沉澱，直到平坦伏貼在我們疲憊的腳邊，在我們的眼裡留下悵惘恍然的餘溫，在嘴裡留下淡淡的、預支明日的苦澀。

回程車上，大家東倒西歪睡著了。窗外是嶄新得不可思議的一天。天空是水藍色的，海面波光反射著燦爛陽光，天還不熱，從車窗灌進來的風，還殘有清涼夜晚的絲絲甜味。負責開車的朋友，長頭髮被風吹得不斷向後翻動。

明亮殘影在眼底逗留，不知不覺搖入無意識夢境。

回到現實，又是另一件事了。

從空曠寧靜的野外，回到市聲鼎沸的市區，總有種分不清哪一邊是陰間，哪一邊是陽間的奇異感。彷彿從一場很長的冥想中甦醒，日常生活的邊緣增加了銳度，清晰地微微刺痛起來。有人突然想起，我們距離上一餐已經很久了，這句話像魔咒，聽到了原本不餓的都餓了起來。於是我們在一個陌生的小鎮上尋找吃食，選來選去總是選中那些看起來最道地、最物美價廉的店。這種店經常沒有店名，招牌只寫了斗大的「飯」或「麵」，熱湯澆在塑膠袋裡，幾個人共擠一張老舊油膩的大桌，空氣裡飽含辣豆瓣、白醋、薑絲、麻油、高湯、豆豉這類熟悉味道；總有某個飽足舒泰的中老年人在另一桌嘖嘖嘖地剔著牙，偶爾還附贈幾個氣味濃厚的響嗝；買單時老闆遞回來的零錢，摸起來總是溫溫的、油油的……

油湯洗去了被山風吹得乾燥的髮絲，醬油辣椒沖刷掉喉嚨裡滯留的稠苦，大鍋滾起來的熱氣滋潤了被海浪泡皺了的肌膚。那樣的店，那樣的食物，有收魂的作用，讓我們一點一滴回過神來。

後來幾次去歐洲旅遊，也參加了很多的Raves。在事事物物皆昭告天下的社群時代，這樣的派對，仍罕見地保有一種地下文化的粗糙感，消息像打游擊戰般口耳相傳，地點神祕，總到最後一刻才揭曉。有時是在深山大理石礦場的白色山洞，裡頭陰濕寒冷，大理石的紫色血管網住人群，彷彿來到冰清月宮。有時是在清幽美麗的落葉林，腳下泥土踩起來厚實而柔軟，好多人在地上野餐曬太陽。有時則是在都市邊緣廢棄的大型工廠，腳邊都是碎石碎磚，坦露的鋼筋整夜整夜地跳動絢爛的顏色……

當年一起玩樂的朋友們，時間到了，為著各自的夢想理想，各奔東西。後來在生活中，雖持續認識新的人，交到新朋友，然而在銳舞時代中那情同手足的緊密友誼卻再也沒有。或許很多人與事都是一時一地的產物，過了就過了，無法追溯也無法模仿，無可倒退也無謂重來。曾經我因此而感傷，後來卻體認到，雖然一個時代已經結束，但至少我們曾那樣大大地敞開自己，任彼此進入內心最脆弱也最真實之地。記憶融入血肉，互相鑄造捏塑，或許故事已經寫完，我們身上卻已攜帶了彼此的捏塑與改造，那也是一種不在場的在場。

也有人先走了一步。

友人Ｘ年紀輕輕，在派對圈中卻可用「德高望重」來形容。他從來不吝分享資源，時常舉辦各類藝文活動與電音派對，在我初入ＤＪ領域、仍是菜鳥一枚時，Ｘ就曾大方邀請我到他的派對上演出。後來各自忙碌，漸漸不再聯絡，最後一次見到他，是幾年前在花蓮的一個海邊市集。活動快要結束了，他還站在ＤＪ檯放歌，神情有些無精打采。後來我才知道，那時候的他，已經是癌症末期。

再一次聽到Ｘ的消息，是他身邊的親近友人在社群上宣布他住進了安寧病房，希望大家合力出點錢，讓他最後的路走得舒服一點。眾人群起響應，短短幾天就募到大幅超出預期的資金，只不過不到一個禮拜，Ｘ的病情急轉直下，最後在一個普通的週間早晨，離開了。

雖然在這之前，我已很久沒有和Ｘ聯絡，但在聊天群組得知他斷氣的那一刻，仍然深受打擊。X離世後，派對圈人有錢出錢，有力出力，一家夜店老闆無償出借空間，舉辦一場紀念派對，大量DJ自願上臺放歌演出，各自用各自的方式為X送行。在那場活動上，我見到了一些熟面孔，大家收斂了悲傷，擠出笑容，交換對X記憶的片片段段，都是美好的。

據說，電子音樂節拍，一分鐘六十到一百拍，模仿了胎兒在母親體內聽見的心跳聲，原始記憶與節奏同步，讓人產生深邃的熟悉感。派對中人在音樂與舞蹈中手足相連，彷如畫家馬蒂斯（Matisse）那幅赤身裸體之人手拉手圍圈跳舞的畫作——海之藍，地之綠，熱血湧動之肉身，腳踏震耳欲聾的大地，舞舞舞，身體從中間裂開，頭頂啪啪啪飛出一群鳥，在空中繼續活潑生動地熱切碎語。

肉的

囈語

肉體的感覺，總是後來才慢慢跟上。人彷彿先活在各種抽象故事裡，然後才後知後覺活回血肉之軀。天馬行空到樸素落地的過程，是上帝情結到凡塵俗人的墜落，與生老病死的探戈亦步亦趨。

英國動物學家德斯蒙德・莫里斯（Desmond Morris）說：「人類是崛起的猿猴，而不是墮落的天使。」

是透過愉悅，透過痛，才徹底感覺到肉身紮紮實實的存在。某個朋友對性感到反射性的厭惡，性提醒了她太多的肉身現實，而她是一個寧願活在幻夢裡的人，或許潔癖到了一種偏執的極致，必對肉體產生某種抗拒與厭棄。

然而不可思議的是，最初學習駕馭這副肉身的過程，雖然充滿大大小小的驚異，一切卻又如此理所當然。最早的記憶來自於洗澡，忘了是幾歲，那時媽媽認為我夠大了，得學會清洗自己，於是我手抹肥皂淘洗全身上下的縫隙角落，滑入了下面那從外面看不見的內裡，大吃一驚，訝於指間那陌生的肉摺與形狀，只是那時並未產生「這個部位是什麼？為什麼長這樣？」的疑問，只是單純探索著這副肉體的轉折與細節，就像踏上一片沒有地圖存在的荒野，只能一步一步在空白中開墾內容。

身體是家。身體是廟。身體是監獄。林林總總他人訴說的、關於身體的象徵比喻，被填塞進我的空心，並駕齊驅地共存消長。於是很長一段時間就這麼半知半解，以為身體是一個「地方」，裡面「放置」了靈魂，就連對於身體的思考也與各種空間譬喻連結起來——心「裡」有心「上」人，腦「中」裝滿思緒，胃「裡」好像有一隻蝴蝶輕輕拍翅。既然是「地方」，彷彿就能依照自己的心意去擁有、佈置、清潔，然而在經歷過一些大災小難後，才漸漸發現自己的肉體，並不真的完全「屬於自己」。就像曾以為時間可以「被擁有」、當下可以「被擁抱」，其實一切早在意識到的時候就已成過去，無論肉身或時間都無法像蜂蜜蛋糕一樣，被語言與概念整齊切片，封存到保鮮盒裡冰入冰箱，照著自己喜歡的步調慢慢享用。

是慢性疼痛，在體內牽起無數的紐結與羈絆。慢性病三個字，讀起來緩慢如蝸牛，隱祕如月光下細長的銀色黏液，實際上卻是觸目驚心的悶雷，萬事萬物無聲腐壞的霉敗。十歲以前，我就有了頭痛的記憶，是一個常常頭痛的小孩。爸爸說，他小時候也很常頭痛，但十八歲當兵被嚴格操練一番後，老毛病竟然莫名其妙消失了。因為這故事我有了一點希望，或許到了某個年歲，頑疾會自然消失，只是如今三十多歲了，頭痛卻成了日常的一部分，隨著不穩定的荷爾蒙週期起起落落。有時只是小小的痛，吃顆止痛藥便好，有時卻是連綿成峰的劇痛，藥石罔效，痛成廢人，半夜掛急診也有幾次，照了斷層、做了檢查也找不到問題，醫師最後還是開止痛藥給我，再次囑咐我提升免疫力，打開心胸好好放鬆。

回家路上，我咀嚼著「打開心胸」幾個字。心要怎麼打開？繞路許久後，漸漸意識到語言藏著大量的誤導。心裡、心上、心中。腦內、腦海、腦洞。肉身名詞與空間詞彙結合，彷彿心臟真的有一個可以收藏東西的空間，腦袋真有一個可以裝靈魂的抽屜，就好像人不只是實打實的血肉之軀，而有另一副超然其上的神靈。

然而慣常的疼痛使我逐漸理解，肉體自有其規則與步調，月經該來的時候就會來，該睡的時候就會疲累，水喝太多就會想上廁所。思考的心智，彷彿並非全權發號施令的主子，而是肉體材料組合而成的衍生集合體，是寄居體內大量細菌微生物的異口同聲，是會做夢、會談詩論藝的血肉，是形色世界的受器，是虛實交雜的幻覺，是一個偽裝完美的傀儡政權。

當肉身的幻想與肉身的現實間產生裂痕，欲求不滿便野火蔓生。

二十出頭那幾年，深受婦科問題所擾。反覆發炎，病不危險不致命，卻讓生活加倍艱難，換過一個又一個醫生，用的藥改來改去都差不多，仍然是虛無縹緲的那句：多提升免疫力。看婦科這麼多年了，還是無法習慣成自然。雙腳大張著跨上診療臺，下體坦露在陌生的醫生與護士面前，冰涼的金屬鴨嘴深入體內，然後四面八方擴張開來，妳感到身體被鑿開一個大洞，診療間的冷氣涼颼颼地吹進去，妳起了一身的雞皮疙瘩。細長的棉花棒與儀器在裡頭探鑽，碰觸著火燒火燎的源頭，而妳只能屏息等待這一切趕快過去，同時卻又過度警覺地觀察著醫師與護士的表情變化，深怕體內包藏著什麼不好的「驚喜」。

一個女人最無助的時刻，不是沒錢不是迷路，不是失戀不是失業，而是兩腿大張、陰道被鴨嘴擴成一張血盆大口之時。在那樣的情況下，我總忍不住想像，萬一現在發生大地震會怎樣？醫生會先替我取下這中古世紀刑具般的鴨嘴後才逃難，還是拋下我，頭也不回逃之夭夭？診療臺將妳縮小成一隻脆弱可悲的蟲，在鴨嘴從妳的體內撤離以前，任何夢想與尊嚴看起來都像笑話。

新冠疫情最嚴重、臺灣還在缺疫苗的那段時間，抹片檢查發現子宮頸異常的感染，隨即安排了一個婦科小手術。術後某晚莫名大出血，半夜掛急診，當時得先在醫院門口驗病毒，確定陰性反應才可進入。整個檢驗過程耗時且冗長，等待的幾個小時間，旁邊一位坐在輪椅上的孱弱老人不斷大聲咳出濃痰，另一個中年婦女臉色蒼白，生無可戀地癱坐在凳子上。而我下體的血流幾小時無間斷，整件褲子被濡濕得殷紅沉重，底下的椅子都被染紅，鮮血滴到灰色的地板上。

清晨時分終於進入醫院，裡頭空空蕩蕩，彷彿一座被日光燈管照亮的孤島。或許是疫情管制的關係，診間只有一位醫生而沒有護士。醫生神情雀躍，好像閒閒無事了一整晚終於等到一個求診者般見獵心喜，不疾不徐開始問診。先問目前症狀，再繼續深入詢問。剛才是否有性行為？沒有。是否有放入任何異物？沒有。是否有自慰？沒有。平常會不會自慰？多久自慰一次？用什麼東西自慰？後面幾個問題，問得我摸不著頭緒，卻還是老實一一回答。然後，又是兩腿分開在診療椅上，又是鴨嘴深入後擴張。肚子上方拉了一條薄薄的紙簾，我看不見後頭的醫生在做什麼。血還在泊泊奔流，醫師卻不知什麼原因慢條斯理。突然他問，是否可以觸碰陰蒂？他想觀察有沒有神經受損，看身體是否保有正常反射？

這問題來得突然，我感覺怪異，於是問，這檢查有必要嗎？他頓了一下，說沒有。於是我說，那請你幫我止血。接下來一切快速順暢毫無廢話，血很快就止住。出院時，外頭已是陽光燦爛的早晨。前夜宛如一場朦朧的惡夢，然而我什麼都不想思考，只想回家，好好大睡一覺。

奇妙的是，小手術康復後，過去長年困擾的其他不相干炎症，竟通通消失無蹤。身體彷彿有著微妙的溝通系統，透過各種旁敲側擊發出無聲的訊號，敏捷神祕到有時好像連專業醫師也無法洞悉察覺。自此，我開始對身體產生信任與佩服。

一個長年研究物理治療的友人說，身體每一個地方，都可能展示著過往累積下來的種種情緒。

我躺在他的診療臺上，請他替我診治因長年姿勢不良造成的肌肉疼痛。身體會記得你已經忘記或不想記起來的事情。他說，曾有個總是過度挺直腰桿、過分擴張胸膛，看起來彷彿一隻驕傲公雞的男人，因長年的肩頸痠痛來求診。他在幾次診療後崩潰痛哭，不斷說著為什麼所有事都是他的責任？他覺得當別人期待的好兒子、好丈夫、好爸爸好難好累好倦，他再也撐不下去了。還有個圓肩駝背、肌肉痠痛好幾年都改善不了的中年女子，說她全家除了爸爸以外，所有人都有駝背的毛病。女人的爸爸性格偏激，經常無端暴怒，對一家人打打罵罵、貶低嘲諷，幾十年下來，把大家的腰都罵彎了，背罵駝了，頭也罵低了。好像就這樣一直往內縮進去，縮得很小很小，把自己收進一個不存在的殼裡，就可以保護自己不受傷害。

汲汲向外找尋的答案，可能早就明明白白地寫於身體。重心而不重身，一不小心，就會溺入語言思緒的精緻陷阱中，在自我建構與客觀事實之間的模糊地帶失足。記憶追討到一定的程度，或許就該止住了。過去難以追憶，點與點間的聯繫也並不總是絕對，已然發生的更無法竄改。然而正在進行中的，卻還有被重新捏塑的可能。

當我躺在診療床上，治療師友人逐一壓住我身上某一個痛點，要我深呼吸。一吸一吐，一吸一吐。他要我感受疼痛是否慢慢釋放。一吸一吐，一吸一吐。他說，如果妳痛就喊，難過就哭，憤怒就吼，搔癢就笑。於是我又哭又笑又喊又叫。繼續呼吸。一吸一吐，一吸一吐。緊繃的漸漸鬆弛下來，深層疼痛浮出表面，麻麻的、重重的，漂浮在那裡。還是痛，但不再是死結般堅硬的痛，而是雲霧舒散麻藥般的痛。體感疼痛指數開始慢慢下降。我說，沒有一開始那麼痛了。他說，很好，這是妳自己的功勞。

晨起，陽光從窗簾縫透進一條線，身體意識逐一調動，散裝的零件重新接合，成功聚集成一個整體後，新的一天才真正開始。時不時也會有某處故障，心緒脫落、零件無端腐朽散佚的情形，好似手不是手，腳不是腳，鼻心不是鼻心，於是生出一種淡淡的失真感。那失真墜落在認知的空洞，肉的囈語嘈嘈切切，存在與不存在都同等怪異，發現自己處於某種絕對進行式中，無處可逃，無可安生。疼痛在體內安靜蟄伏，愉悅在血流中靜待啟動，而紛雜且難以定義的諸多情緒宛如氣泡水在皮膚下波波躁動。而你只能凝視，不去扼殺，不去寵溺，不去促發生長。只是凝視，讓身體感受與代謝，不恐懼恐懼，不狂喜狂喜。然後肉體便會像一艘大船般漸漸沉穩下來，逐漸變得堅硬與固體，變得觸手可及。甲板堅實，風帆堅韌，海風粗礪。於是你就這樣跨越了上一波巨浪，繼續平穩航行在無邊之海。

無有

情

想起童年，焦慮的時候比無慮的時候多。家人關係緊張是一個原因，長大接觸風水心理學後，懷疑家中格局或許也有關係。家住四樓，攤開平面圖，是一個狹窄的長方形，只有最外面靠大馬路的主臥有對外窗，公寓尾端雖有晾衣服的半露天陽臺，但和鄰居房子距離很近，陽光被切割阻擋，因此大多時候都是灰階篩落的陰影。我的房間包在公寓中央，沒有對外窗，牆角靠近天花板處卻開了一個鞋盒大小的洞，原意或許是為了通風，但每當外頭的電燈全部關上、整間屋子陷入全黑時，那牆洞也成為一方世上最黑的黑，總覺得那裡會出現一張詭異蒼白的人臉，一個勁地往房裡瞧，觀察著我的一舉一動。

浴室也讓我疑神疑鬼。終年潮濕，又靠近廚房，蟑螂蜘蛛衣魚等小蟲層出不窮。那些鬼鬼祟祟的節肢動物有時蟄伏在毛巾夾縫中，有時藏在衛生紙後面，每一次洗澡或上廁所都是一場驚險賭注。爸爸雖然脾氣差，但每次只要蟑螂出現，聽見我們的尖聲叫喊，爸爸還是會老神在在走過來，動作敏捷地抓捕四處竄逃的蟲子，得手後便用千鈞之力往地上一摔，把蟲子摔得七葷八素，再丟到馬桶沖掉。

家裡讓我感到莫名恐懼的，還有和室牆邊的衣櫥。究其原因，總覺得和一場過分真實的惡夢有關。小時某日午後，我獨自在和室睡覺，然後無聲無息醒了過來，房內無窗，不知睡了多久，分不清白日黑夜。

突然我被一股奇異的力量吸引，領著我去拉開衣櫥的門，沒想到門一開，我竟一腳踩入一個真空的漆黑宇宙，空無裡，遠遠見到一團發散著朦朧白光的東西。我朝著那個方向游去，接近時，才看清是個端坐在日式暖桌前、盛裝打扮的日本藝伎。藝伎臉色極白，嘴唇塗得豔紅，兩條細長的眼睛墨黑如炭，直勾勾盯著我，嘴角似笑非笑，令人毛骨悚然。本來我並不把這惡夢當一回事，直到幾年後的某天早上，我一個人在客廳寫作業時，抬頭一看，竟見到光天化日下，一個藝伎模樣的灰影從一面牆穿出，走了幾步，又消失在另一面牆裡。

那時的我，從未去過日本，更對藝伎一無所知，經歷「靈異事件」後的很長一段時間，都覺得自己不小心煞到了什麼。直到很久以後，和媽媽吐露童年往事，她才說，曾經舅舅去日本旅行回來，給過我一個日本紙娃娃，那娃娃做得太過逼真，一雙圓眼黑漆漆的，朦朧陰鬱地看著人，像兩面使人著魔的圓鏡，我覺得很害怕，後來媽媽就把那娃娃給丟了。

這件事，我完全沒有印象，卻間接證明了小孩的聯想力果真豐富，就像喇叭鎖可以看成惡魔的眼睛，牆角的衣帽架關燈後會變成厲鬼，房子夜晚發出的吱嘎響是虎姑婆的腳步聲。小孩在幻想中受苦，同時也承擔現實的壓力。童年的家，腦海的幻想鬼影幢幢，緊繃的家庭關係讓空氣充滿壓迫，地板下彷彿布滿了地雷，孩子膽戰心驚、如履薄冰，不知踩到哪裡會引爆大人的怒氣，稍一不慎，羞辱的、暴力的語言就會化為尖銳碎片炸開，四處噴飛，將人割得遍體鱗傷。而這沒有傷口的傷口，抽象的、沒有瘀青的痛，拿藥膏來也找不到地方擦。

為此種種，我總覺得童年老家處處透著一股陰沉感，彷彿房子也有肌肉記憶，每一寸樓板，每一個角落，每一扇門窗，都默默記得曾經在此發生過的點滴。

美國作家夏綠蒂・柏金斯・吉爾曼（Charlotte Perkins Gilman）一篇叫《黃壁紙》（*The Yellow Wallpaper*）的短篇小說，故事女主角被醫師丈夫判定精神有問題，於是她被帶到一處祖傳莊園養病。丈夫禁止她外出社交，也不許她思考寫字，每日的活動全依丈夫的安排照表操課，美其名為療養，實際上形同軟禁。

女人越關越病，每天在小房間裡自言自語。不久後，她開始在房間黃色壁紙的繁複花紋中，看到其他女人的形體幽幽浮現。壁紙裡的女人姿態猙獰，似乎掙扎著想逃出來，她的指甲反覆刮搔牆面，有幾次甚至成功破牆而出，在月光下像蟲一般窸窣爬行。

只不過，被軟禁的女人一點都不覺得壁紙裡的女人們可怕，相反地，她同情她們、理解她們，壁紙裡那千千萬萬個女人，其實都是她的化身。最終，為了釋放受困壁紙裡的女子，她親手將房裡所有牆紙一條一條撕扯下來，解放了幻想中的自己，卻也自此迷失在現實與妄想之中，精神徹底崩潰。

女人的苦悶、悲傷與憤怒，壁紙看見了，地板吸收了，窗戶目睹了。她和那個日夜生活的房間早已融為一體，壁紙承接了她的痛苦，成為了她的鏡像反射，最終隨著她的自我撕裂而玉石俱焚。

加斯東·巴舍拉（Gaston Bachelard）的《空間詩學》（*La Poétique de l' Espace*）寫道：「我們誕生的家屋，已經在我們身上銘刻了各種居住的作用和層次，我們就是那間特定的房子，我們就是居住作用的圖解，而所有其他的家屋，只不過是一個根本主題的變奏罷了。」

共享空間就是共享生活，不同的價值觀與生活習慣，都是大小不一的隱形路障，散落家中日常動線，一不小心就會踢翻跌跤、瘀青流血，互相指責怒罵，磨損得彼此不成人樣。

即便日後老家重新裝潢，變新也變乾淨了，陰暗的房間被打掉，格局全部大改，甚至家人關係也隨著時移事易而逐漸放鬆，然而發生過的終究已不可逆。與釋懷或原諒無關，只是彷彿顏料滴入水，雖能不斷再調出新色，卻始終回不到最初的透明狀態。

是時候卸殼褪皮，走出家門，告別童年的鬼影幢幢。

分離最初帶來的斷裂感是多面向的，父親的憤怒、母親的難捨與我的茫然罪惡感，全部攪和在一起，所有選擇都注定顧此失彼，難以兩全其美。直到有了屬於自己的地方，身上隱形的木偶線被切斷了，監視與批判的目光消失了，整個人輕飄飄的，世界也明亮起來，才第一次嚐到自力更生的凜冽滋味，親人之間也因為有了距離而少了磕碰。曾以為，緊緊相繫才是「愛」，後來卻體會到，「愛」無法神奇地讓人改頭換面，「愛」也無法讓棘手複雜的愛恨情仇迎刃而解。很多時候，反而各自獨立，拉開距離，「愛」才像生日蛋糕上的紅櫻桃般畫龍點睛，不招人嫌。

離家後幾年，在臺北各式各樣的老公寓輾轉流連，累歸累，麻煩歸麻煩，卻還是甘之如飴。

十年之間，我搬了七次家。

在租屋處頂樓，靠著圍牆俯瞰街區人車往來，夕陽逐格暗去，城市燈光漸次亮起，通勤人潮正值高峰，空氣裡飽含著機車廢氣、晚間飯菜與微弱的夜來花香。有時我自己一個人，有時與友人並肩站著。是這樣的時候，童年彷彿隱沒在深井遙遠的另一端。

二十多歲，人生計畫多而空幻，總覺得自己不會在同一個地方久留，加上租屋預算不多，因此從未在租屋的家具擺設上過分費心，用的都是房東或前房客留下來的東西，醜俗廉價不成套，但總覺得有得用就好。很長一段時間，床墊就直接放地板，吃飯寫字都在一張麻將桌；朋友來家裡玩，椅子不夠用就席地而坐。沒電視，沒桌上型電腦，沒任何值得小偷垂涎的財產。搬來搬去的只有幾件衣服、幾箱書籍與一些雜物。

就像二十多歲的普通生活，很多都是湊合著、將就著用，但自己的地盤想邀請誰來、進行哪些活動、幾點睡幾點起，生活的起起落落，早出晚歸或晚出早歸，偶爾不想說話，偶爾想要狂妄大笑，完全都不需掩飾與解釋。只是這樣，便為精神帶來極大的寬裕與滿足，即便身處陋室，也彷彿人間天堂。自由與圈限有時確實是比較而來。

或許只是巧合，自從離家自立後，我漸漸的就不再怕鬼了。再也不怕半夜一個人上廁所，不再對屋裡的細微聲響疑神疑鬼，也不再擔心有雙眼睛在牆角黑洞窺伺。理性吹散迷信，現實與幻覺劃清界線。我已學會掌握幻象的象徵隱喻，就像兒時有一次見到媽媽在廚房做菜，突然深信那是一個惡魔的化身——魔鬼擬態成我的母親，每一個手勢、每一個表情都充滿詭異的偽裝感，而真正的母親正被囚禁在一個黑暗密閉的小房間裡，流著眼淚等待我去拯救。

如今想來，那無非是一種多重焦慮的反應。在一個充滿激烈爭吵的家裡，自小便習慣將母親視為弱者的象徵，她被「惡魔」挾持，無能自救因此需要被拯救，我張著眼盡收一切，卻手腳發軟，無能為力。

如今身在明亮通風的、自己的公寓，已經記不起上一次有過幻覺是什麼時候。偽裝成母親的惡魔消失，藝伎魅影也不再出現。反倒是在成年生活的起伏震盪中浮沉久了，反而開始念起童年時光中，一些在黑暗裡瑩瑩發光、彷彿珍珠碎片般的過往。

人生大半時光，都在和性格彆扭的父親角力，卻仍記得某年下暴雨，老家中和瓦磘溝淹大水，灌滿整條低窪大馬路，街道兩側的家具店全泡在灰綠色的泥水裡，大量的衣櫃、床架、書桌與餐椅全數泡湯。所幸我們住在地勢較高處，房子沒有遭殃，爸爸抱著我站在上坡，俯看前方的災情，彷彿來參觀觀光景點般到處指指點點；那時不諳世事，只覺得新鮮好玩。

而那牆上有黑洞、總讓我感到無端恐懼的童年臥室，在記憶的重建中，竟也生出了溫潤的色澤。和平的夜晚，我與妹妹躺在床上，床頭的暖黃燈光讓世界變得柔和，爸媽在我們兩人床鋪之間的地板席地而坐，鬆弛的臉部肌肉與溫軟的說話語調很難得，他們感性而坦誠地聊著成人世界裡的種種，其中有憂慮也有複雜，認識的與不認識的人事物像睡前故事般流淌而過，而我半閉著眼，安靜且饒富興味地聆聽。這樣貌似萬物和解的時刻，黑洞外的時間彷彿靜止，萬事俱足，安然喜悅，是日後在成年生活中，從未體驗過的絕對安全感。

在那房裡，我也第一次領悟死去。某日我和媽媽在房間，她平躺後將我放到她的小腿骨上，腳上上下下地移動，讓我飛在半空玩「造飛機」。忘記話題是怎麼開始的，媽媽告訴我，有一天她會死。我的臉或許垮了下來，於是媽媽又笑著補充，但那會是很久很久以後。然而那悲傷仍緊緊攫住心臟，於是我斬釘截鐵、彷彿宣誓效忠地說，妳死了我也要跟妳一起。

一個小孩的全世界，有時不過是一個母親的圓周。回想此事，有些惆悵，因為如今的我，擁有的與在意的，已經不只有母親。當一個孩子長得夠大，當他的世界不再窄小得只容納得了父母時，瓜熟蒂落便是必然。或許孩子無論如何，總得背負某種忘恩負義的罪名。人或許都是矛盾的，父母盼著小孩獨立，卻也不真的希望孩子長大，因為孩子長大了，就有背離的一天，就有可能看透，就有可能失望。而急著長大的孩子，也並非真的都心甘情願，許多成長都是迫於情勢所逼，順應的不過是不同階段的內外推力。

愛之前得先遠離，有情之前得先無情。同一種愛的方式總會過期，雖然心裡一直都是在乎的，但從一種塵埃落定跳躍到另一種塵埃落定之間，總是充滿了大量的困惑混亂、自說自話與各說各話，只能這樣互相拉扯著，時而落後時而超前，前一腳後一腳，試著對齊步伐。

只是那空心的句號，始終鑲在心房的牆上。

一個階段的結束，一個階段的開始。句號有時是一面穿不透的牆，有時是無限進出的通道，有時是出乎意料的救生圈，有時又只是週而復始的圓。

也曾經一次又一次懷疑過自己做過的選擇。各式各樣的，從未真正過問任何人的選擇。也曾有過後悔與自責。然而總是在某個平凡的、出奇的時刻，一種刻寫在基因裡的天真蠻力突然湧現。年輕的、永恆的夏季。就如日光漸暗，城市燈火逐一亮起的傍晚，在鴿籠公寓的天臺上，看著臺北人車的明流暗湧。剛下了暴雨又出太陽的夏至午後。對面某戶斷斷續續的小號音階練習聲。聚會夜晚熱切高漲的人聲笑語。搬走的舊鄰居，搬來的新鄰居。老人的咳嗽，小孩的尖叫，女人的輕笑。音量蓋過晚間新聞的情侶爭吵，週日下午寂靜無聲的床上纏綣。屋簷上輕巧跳過的野貓，牆縫間辛勤咬嚙的白蟻。

無聲抵達又無聲離開的人們，留下了水漬一般的生活片段，層層交疊，暫時停留，卻在下一縷風吹來之時，悄然消失。

來去無情，叨叨絮絮，只不過是感情過剩。

不過是等待

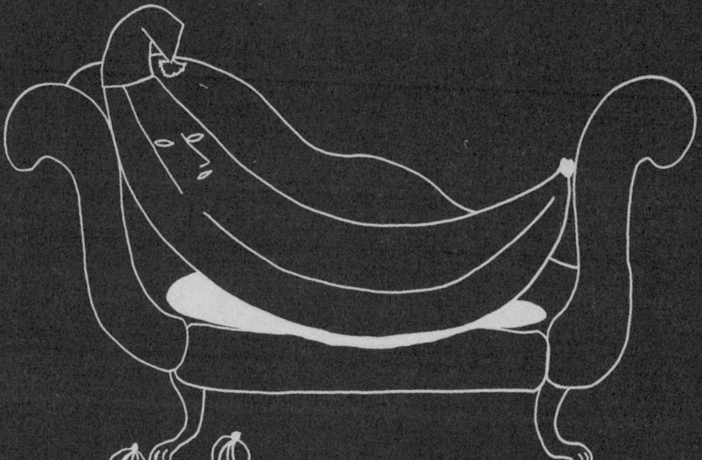

有段時間在網路上，看到很多人分享一個心理學報導，說房間越亂的人，智商越高。這個報導很合我心意。就說眼前，一張麻將桌，上面堆滿了一疊又一疊看完與待看的書籍（像一個功能不良的胃袋，舊的食物還未消化完畢，新的就又填塞進來）、喝空了的與放了好幾天還沒喝完的飲料杯（有時精神不濟，會不小心錯喝到驚喜）、殘留食物渣滓的空盤空碗與筆電筆記本錯落並置（這方桌除了打麻將的功能，也兼作我的餐桌與辦公桌）……一整天醒著的寫作、飲食、娛樂與社交，全都在這一方雜亂桌面上完成。

混亂根植於急躁——急著吃洋芋片，開包裝時沒耐心找到正確施力點，總是蠻力攔腰撕開，即便知道很大機率會導致內容物噴飛。急著看信拆包裹，懶得拿美工刀整齊劃開信封包裝，直接徒手開撕，糟蹋了寄件者的精美心意。急於完成書法作業，懶得一筆一劃紮實練字，背著書法老師，用鉛筆淡淡描出字形，再用墨水填滿，於是至今仍寫著一手爛字。

性急造就混亂，混亂充斥生活。雖然那篇「房間越亂，智商越高」的報導讓我一度竊喜，但後來逐漸發現急性子的後果，便是浪費大量時間在各種收拾善後上——總是重複尋找一把小剪刀、一盒棉花棒、一張繳費單、一隻落單襪子這一類當初因沒耐心物歸原位而從此神祕失蹤的物件。像一臺設定錯亂的掃地機器人，前頭狀似有效率地開路清掃，後頭卻沿路掉落碎屑污穢，越掃越髒，自扯後腿，原本喜滋滋以為抄了捷徑，繞了一大圈卻發現回到原點甚至倒退幾步，無止盡地搬磚砸腳，怎麼看都不像智商高。

當時還覺得，世上很多事能夠靠搶快來作弊，嫌棄慢條斯理的過度謹慎溫吞。那是一種抄近路的不求甚解，走路快、說話快、手腳快，彷彿只要這樣節奏明快不斷向前埋頭衝去，就能超越周遭人群，提前搶佔人生最美好的人事物。而很多事在表面上的確可以靠蠻力逼它發生，例如兩個小時的電影用一點五倍速看完（愛影成癡的朋友們都對這行為大加撻伐），然而此種行為，與省時省力的生活智慧無關，而是貪心太過的一種表現——太多刺激與誘惑不斷從四面八方拉扯著注意力，急切地想把萬事萬物收入囊中，卻因此個個都只能短暫淺嚐。

後來才體會，有太多事情，搶快便喪失了意義與韻味，甚至從來都不是一個線性的競速賽道，也因此無論怎麼急都沒有用。就像醞釀這個月遲來的月經、靜候曖昧對象若即若離的訊息，或是坐立難安等待著健檢報告的結果。「人定勝天」的正向積極，有時是一種過於樂觀的天真。很多事只能等，束手無策地保持耐心，並且有點憤恨地體會到世間萬物的彼此制衡。甚至於，很多的等待，從來都不保證會有一個答案，更遑論一個滿意的解釋。等待在人身上磨出敬畏與謙虛。原以為能夠一飛沖天，沒想到千迴百轉一回神，竟還是沒跳出神佛掌心，身上牽連的木偶線從來沒有斷開過，一直都是那片萬物相互牽連的緻密網絡中，萬蟲蠕動的其一。

一位在巴黎生活許久的友人告訴我，巴黎成千上萬的侍者，很少真的是以端茶倒水為志願而入行的，很多人其實都懷藏著夢想，或許是想成為歌手、演員或大藝術家，當侍者只不過是為了生存的權宜之計。然而很多人侍者一當，一不小心便被巴黎這張血盆大口給吞了進去，深陷泥沼，身心俱疲，遑論追夢，只能眼睜睜看著當初的理想離自己越來越遠。

Waiting，有兩個意思：侍者，以及等待中的狀態。

有些等待，表面安靜無波，卻分分秒秒刀光劍影。

從小到大，父母經商，賣簡餐、賣熱帶魚、賣燈飾、賣家具、賣湯麵，生意一個換過一個。然而不知是沒有經商天份，還是運氣始終太差，狀態一直起起落落，偶有輝煌，最終卻總以失敗收場。

那失敗，不是一槍斃命乾脆爽利的死法，而是拖泥帶水的淩遲至死。我懷疑，任何有開店創業經驗的人，或許都隱隱罹患一種「等待症候群」——等待生意上門，盼望空桌滿座，企盼電話響起，祈禱訂單湧入。等待的分分秒秒皆是折磨。

開店宛如創作，端上一碗麵，和刊登一篇文章，有許多異曲同工之處。最初，你自認手裡有些端得上檯面的東西，內心忐忑卻也充滿期待地，把你的創造物放到大眾眼前，等著識貨的伯樂支持買單。創業與創作的基礎，便建立在這層層疊疊的自認為與自以為上，而主觀認知與客觀現實的拉鋸衝突，就在開門營業與發布刊登那一剎那開始激烈交鋒。

如此等待，處處藏匿著尖銳的屈辱感。每一個視而不見、過門不入、臨時取消、低星負評、再不光顧，彷彿都在無聲放送著一個訊息：「你不夠好。」劈頭蓋臉的空氣巴掌，無聲勝有聲的品頭論足。當然做生意最低等的就是情勒，買不買帳確是個人自由，但腦中的理性和感性卻還是情不自禁互相拉扯。這或許是為什麼高不成低不就的藝術家，總在「該全然故我地搞藝術，還是拉低身段去迎合市場」這樣的問題上反覆煩惱，這背後可能都隱藏著一種焦慮：創作是自我的延伸，當它進入了市場的公評領域，任何冷落、批評與嘲笑，殺傷力都直逼人身攻擊。

還有一種等待，像做棒式一樣，每一微秒都是折磨，一分鐘像一百年。

最令人難以忍受的，或許是抱著病體坐在候診室裡等候叫號。事情是否大條，體內是否藏著惘惘威脅，彷彿薛丁格的貓，在醫生宣布答案以前，你只能躁動不安地坐在候診椅上，玩 Candy Crush、冥想呼吸，或是暗中觀察身邊其他求診者的表情。

醫院候診室是生死前線，等待有著很多種姿態。有像我狀似鎮定滑手機，實則心煩意亂之人。有高分貝和旁人傾訴患病治療心得，哪裡開刀哪裡流膿腫瘤多大排泄物狀態皆鉅細靡遺、毫無忌諱大方分享之人。有明明已經置身醫院，卻還抓緊時間在筆電上猛敲鍵盤的工作狂。有和親友說笑，姿態輕鬆滿不在乎，好像只是在等外帶便當包裝好的人士。也有完全藏不住焦躁心思，面色陰沉、來回踱步、扭手抖腳，完全坐不住，眼巴巴直盯著診療室門口叫號燈的人。

無論優雅不優雅，體面不體面，所有的等待都將人打回原形。在候診室裡，深刻體會到「混吃等死」是一句多麼充滿智慧的成語。人生種種追求，去除浪漫濾鏡後，不過是在等死的過程中，各自選擇以某些姿態自我娛樂、自我分心、自我詮釋、自我賦予意義。是誰說的，拚死拚活奔跑，以為遠遠超過了人群，然而氣喘吁吁抬頭一看，天空仍然是同樣的那一片。跑得前面一點，動作快一點，並不能為整體人生爭取到更多的餘裕，倒有可能因為搶快闖紅燈而提早上天堂。人生是一場動態平衡，某處多了，另一處就會少。

若不得不等待，就只能學著苦中作樂了。

人類沒有貓的好整以暇，沒有狗的樂天自在。好事多磨是無計可施的說詞。人把時光當作最珍貴的寶石捧在手心，日日端在鼻尖仔細琢磨，卻因此更感日昇月落的緊湊短促。等待更被現代人視為缺乏生產力的浪費，許多科技因厭惡等待而生，馬車到高鐵，3G到5G，二十四小時內到貨、AI自動生成式答案……巴不得事事都有任意門存在，一腳跨過去就是千里之外。

然而並非所有等待都讓人咬牙切齒。等待是事件滋生的溫床，是尚未抵達前的空白括弧，任何事物都可能被填寫進去。只要還沒發生的，就還有峰迴路轉的可能。這樣的等待內建著布幕揭曉前的戲劇性，雖磨人心神，卻也是一汪沙漠甘泉，比起蓋棺定論，開放式答案更加討人喜歡，因為能夠一廂情願訴說自己想聽的故事。巴黎侍者即便筋疲力盡，仍命懸一線死守陣地，或許，明天大好機會就會降臨，只要再等幾天，幾個月，或是幾年。

就像是週五夜晚，體感總比實際放假的週末更愉悅，因為迎面而來的是即將展開的假日，而非收心收假的倒數計時。又像是旅行，行前一日一日的倒數計時，夢想即將成真的興奮之情，完全不遜於旅程本身的快樂。

會遇上什麼樣的人、發生什麼樣的事，種種未知數，都是希望的種子，在這裡種下，等著它在某一處發芽。只不過，平凡人生，多數時候長出的並非奇花異卉，而是平淡無奇的尋常花草，聊勝於無，如溫水般不冷不熱；不能沒有，有了卻也不過如此。等待的過程色彩紛呈，現實的抵達卻瘦骨嶙峋。但是到了下一次，還是情不自禁重蹈覆轍，雖有自欺欺人之嫌，但若少了這點生活情趣，又會因無望倦怠而生無可戀。

什麼該等，什麼不該等，等又該等多久？諸多抉擇，是浪漫與理性、愚鈍與精明、奮鬥與耍廢之間，永無止盡的自我詰問。

被生活逼著長出了更多的耐性，性急的毛病後來改了許多，房間也從大亂變得小亂。只是如今排隊結帳時，仍會對前方掏錢掏得太慢的人感到不耐煩，和步伐緩慢的朋友走在一起，也得努力忍住脫隊超前的衝動。是狗改不了吃屎嗎？有一種感覺，自己似乎永遠是一個不及智慧的半成品，永遠處在一個「在路上」的尷尬狀態，可以試著習慣，卻難以真正釋懷。

模擬人生

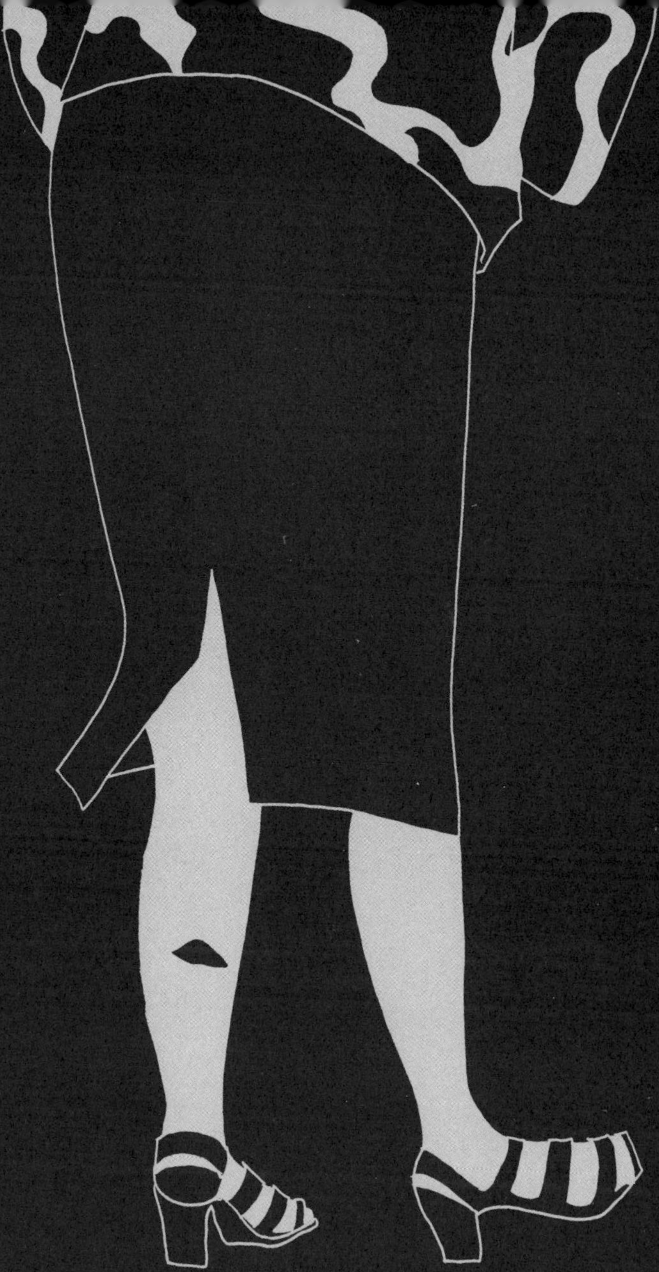

小學六年級，班上同學借了我一張《模擬市民1》（*Sims1*）光碟片，自此開啟我的遊戲人生。

《模擬市民1》在千禧年推出，當時的電腦主機仍像鐵箱般沉重，下載遊戲得輸入一長串複雜的英數混合碼，跑個天荒地老才能安裝完成。只不過等待是值得的，比起以前玩過的電子雞、芭比娃娃、扮家家酒，《模擬市民》彷彿現今的虛擬實境新科技，將過去玩過的一籮筐遊戲全都打入史前時代。它是一個高級版的虛擬娃娃屋，甚至媲美真人實境秀，對一個生活經驗不多的小孩來說，更是一個偷窺成年花花世界的白日夢管道。

國小生活平淡無趣，除了上課打掃寫作業外，成天被師長念東念西，毫無自由可言。當時最大的夢想之一，就是和班上要好的女生朋友們同住一棟夢幻別墅，遠離師長緊迫盯人的視線，自由自在快樂生活。遊戲啟動後，第一個創造的模擬家庭，便是一群由七個年輕女孩組成的團體，集體入住一棟窗外綠草如茵的平房。本以為這會是一個宛如「共生公寓」一般和樂融融的女子宿舍，殊不知遊戲如同現實，每個角色背負著不同的性格、癖好與生活習慣，偶爾玩在一起可以，但若是朝夕相處、日夜摩肩接踵，很快便會因利益衝突、觀念齟齬而滋長出嫌隙。

遊戲開始不久，姐妹便開始為了搶一間廁所、搶一張床、搶一個男人而惡言相向，偏偏當時的我還不知有金錢密技的存在（這密技能讓貧窮角色瞬間暴富），還在老老實實讓角色上班下班、龜速賺錢，七個女子共享的家庭基金少得可憐，買不起更多家具，也蓋不了更大的房子。生活沒有餘裕，缺乏優雅的本錢，因而只能目睹理想中本該相親相愛的角色，在窄小簡陋的屋子裡狹路相逢，互看生厭，不斷在尿失禁、餓昏累倒、暴躁哭泣、爭吵幹架的災難中輪迴。

第一次的《模擬市民》遊玩經驗，可說是創傷滿滿，最後見無力回天，只好懸崖勒馬，果斷刪除所有角色，歸零重來，驚魂未定。

或許因為天生好管閒事的傾向，我從小就喜歡看書，所有小說對我來說都像八卦密語，允許我用貪婪的目光，貼近他人生命的酸甜苦辣與高低起伏，模擬感受那冰凍火燒與剝皮削骨。然而只要闔上書本，萬馬奔騰瞬間收束，也就回到普通而安全的生活，歷劫歸來般心滿意足，彷彿只是去看了場血肉橫飛的恐怖電影，無論多麼撕心裂肺、蕩氣迴腸，走出電影院，外頭仍是呆頭呆腦的燦爛晴天。

這種熱愛窺探的性格，充分解釋了我對《模擬市民》從小到大的迷戀。從十幾歲玩到三十幾歲，遊戲一代玩到四代（如今坐望五代），身邊許多朋友都不懂《模擬市民》到底有何魅力，在他們眼中，《模擬市民》沒有關卡，沒有劇情，沒有懸疑，沒有戰鬥，只不過是創造一個普通角色，在一個普通世界裡走來走去，模仿著真實生活那些吃喝拉撒睡罷了。既然要玩，為什麼不玩些驚險刺激的遊戲？

的確，《模擬市民》很多時候，真的就是複製著現實生活那日復一日的百無聊賴罷了。

《模擬市民》沒有正確不正確、道德不道德的玩法，你可以盡力滿足角色的基本生理需求，幫助他們提升各種專業技能、在職涯上更進一步、領養寵物、約會配對，《楚門的世界》般促成一個個美滿家庭。你也可以化身惡魔，讓一切陷入地獄火海，用各種充滿創意的方式折磨角色，盡情宣洩現實生活積累的種種惡氣，以及內心深處蟄居的小惡魔與窺淫慾。我承認曾把角色囚禁在無門窗的密閉空間直至絕望而死，又或是讓他們在沒有出口的泳池迷宮裡游到力盡人亡。然而最初使人血脈噴張的邪惡，一再重複後也變得了無生趣（總覺得在地獄裡凌虐罪人的惡魔，實際上也是永恆地在服刑吧），於是玩著玩著，還是退回了外人眼裡最無趣的那種玩法——日常瑣碎，生老病死。

《模擬市民》的誕生，源自一場火災——遊戲創造者威爾．萊特（Will Wright）的家在一九九一年的一場加州野火中付之一炬，超過三千個建築家屋被焚毀。在重建家園的過程中，《模擬市民》的最初構想浴火而生。遊戲設計者們從建築學社會學心理學與人工智能研究中，提煉出遊戲世界的基礎邏輯：角色有記憶、有理想、會做夢。吃不飽、穿不暖、睡不好會淪為抱怨連連的廢人；他們會愛上不該愛的人，或是為了小事和朋友反目成仇；廚藝技能低落會導致失火機率提升，擁有「愛運動」特質比擁有「懶惰」特質更長壽。他們也會在千篇一律上下班的規律中，突然間心情低落，擔心自己無法達成人生夢想；又或是在廚房煮咖啡時，突然陷入存在危機，畫面側邊欄跳出奇想視窗：「這一切幾乎就像有人在控制自己的人生似的。」剎那間腦裡閃過一個陰謀論，莫不是《模擬市民》們實際上存在於某個平行宇宙，和世間萬物一般內建基因，命運寫定，雖自認擁有自由意志，實則被遊戲程式給操控左右，而我們和他們，不過都是環環相扣的俄羅斯娃娃，就像《模擬市民》裡的模擬市民一樣也能在電腦上玩《模擬市民》？

好在人類與模擬市民們，最終都還是落地黏貼在各自版本的現實肌理之中，玄妙念頭驚鴻閃過，下一秒又被剛泡好的咖啡、手機亮起的新訊息，又或是身邊人的叫喚給分神而去。

《模擬市民》即便以現實為藍圖，卻還是不脫遊戲本質，仍究屬於幻想領域。

在遊戲裡，你可以成為狼人、吸血鬼、人魚、巫師，或是偽裝成人類的外星人；貧窮落魄小市民不必白手起家，只要靠作弊密技就能瞬間躍升鉅富階級；無名路人可以在街上和國際巨星搭訕，半小時內成為世上最好的朋友；不愛有愛情藥水，死去有回魂靈藥；若是發生不樂見的意外，例如角色被隕石砸到過世、被外星人綁架後懷上異星寶寶，又或是偷情被另一半逮個正著，補救方法很簡單，只要直接登出遊戲，遺失進度、消除記憶，重新啟動後，又能回到原本那個皆大歡喜的時間節點。

錯誤可以重來，時間無限溫柔。從某些角度來看，《模擬市民》的角色能夠不斷分裂出新版本的自己，在不同的情境下重新開始，彷彿多重宇宙和諧共存。但如「忒修斯之船」（Ship of Theseus）悖論——假如一艘船上的木板一塊塊被換掉，最終整艘船的木板都換成新的了，那這艘船還是原來的那艘船嗎？曾經有個朋友信誓旦旦說他不會死，因他相信未來科技將會上傳他的意識，而他的肉身則會被其他物質給替換。然而當一個人從裡到外全都換了一遍零件，那「他」還是「他」嗎？

人不能兩次踏入同一條河流，河水每分每秒變動流逝，但站在岸邊眺望，那河還真是日復一日、百無聊賴地相似。

同一個長相、同一個名字的遊戲角色，不斷降生在各式各樣的全新情境中，此一世是隱居叢林深處的巫師，另一世是在熱帶島嶼跳舞的嬉皮，下一世是蟄居城市貧民窟的藝術家。生活表殼不斷變換更新，但玩到底便會發現，無論角色是人是妖、住破爛拖車或山頂豪宅、孤獨自閉亦或親友成群，日復一日該做的、要做的、想做的，也差不多都是那些事情。

倒是電腦螢幕外的我，從小到大趴在電腦桌前玩《模擬市民》的姿勢不變，內心風景與遊戲心態卻隨著歲月點滴變幻。小時候，《模擬市民》於我而言是個虛擬大觀園，一部搶先觀看的成人世界預告片，在班上不敢和暗戀對象告白的我，在遊戲的世界裡，十分鐘內就能擁有一個新戀人，甚至愛人要幾個有幾個，鄰居全部愛過一輪也無所謂。看著角色們調情親嘴、牽手摟抱，最終躺到床上進行用詞委婉的「嘿咻」活動，內心也跟著小鹿亂撞。

然而逐漸世故，從前使我純真竊笑的遊戲情境，如今已攪動不了丁點心池漣漪。反倒是，有時被現實磨破了皮，又或是陳年舊傷隱隱幻痛，需要些心靈上的止痛藥時，手指便自然而然、熟門熟路去點開電腦桌面上熟悉的晶錐體遊戲logo，將精神拋擲到咫尺天涯的虛擬宇宙中。

角色什麼都不做，不慌不忙、不緊不慢，就只是在沙灘露臺喝酒、看海發呆，在花團錦簇的森林小屋廚房烘焙蛋糕，在深夜酒吧的霓虹燈光中點菸，又或在外頭下雪的溫暖公寓吃火鍋看電影……天光流轉，溫柔靜謐，全世界彷彿只剩下我與角色，裡外相照，虛實靈魂暫時互換，封凍在時空的某一個真空膠囊中。角色如幻肢代替我去過一個萬物不凋零、萬事有轉圜的理想世界，如此，就連日常生活最平凡、最細碎的活動，也浮泛出一層豐富滋味在表面。在那四季輪轉卻恆常年輕的物理空間中，英雄曲線不需要存在，也沒有意義存在，沒有將降大任於斯人的天，人人都是大致快樂而面目空白的薛西佛斯，身在任何事都可能發生的無限選項之中，只要不感到無聊，便能這麼一直過下去。

沒了日日逼在眼前的生死疲勞，在生活潰雪的危及之際，只要緊急按下重新啟動，便能鑽個空隙好好舒一口氣，神清氣爽再出發。

玩遊戲如同看小說看電影，暫時卸下背上的大石頭，坐在馬路邊稍事休息，想像著，沉重大石變成輕盈花朵，艱難上坡夷為平坦大道。那一瞬彷彿一條泡過冷水的冰毛巾，敷在因扛石而勞累僵硬的後頸，沁涼竄入毛孔緩緩釋放，竟也還能感到絲絲清涼。

童年的街

童年大半時光，在臺北南昌路度過。

南昌路街上家具店林立，我在街尾的婦幼醫院出生，此後童年青春大半時光，都消磨在以此為中心的方圓百里。阿公阿嬤在那條街上經營家具行，白天在店裡送往迎來，晚上打烊後，過個馬路，對面就是位在老公寓四樓的家。

兒時午後，爸媽常把我放在家具店給阿公阿嬤顧，兩個人騎著摩托車不知去哪逍遙。爸媽不在身邊緊迫盯人，我自由自在，整個家具店都是我的遊樂場。

阿公吃苦耐勞、勤儉持家，後來將家具店傳給我媽（他的大女兒）和我爸經營後，雖然大可功成身退、享受退休生活，卻還是忍不住整天掛心家具店。每天早上，他都像個私人偵探般從四樓家中窗戶，觀察對街一樓家具店的情況，不時唸唸有詞和我抱怨，說我爸媽太懶，每天都睡到快中午才來開店。有時他實在看不過去，受不了了，乾脆自己下樓去開張營業。

那是二〇〇〇年代初，IKEA和網購一類新時代事物還未徹底普及，南昌家具街上仍是一片欣欣向榮，客人一間店一間店地逛，翻看厚重的型錄，試坐椅子，試躺床墊，和每一家店的老闆討價還價。爸媽接手家具店以後，雖然保留阿公白手起家時取的原店名，整間店的內裝卻全部打掉重練，老派翻新，過去那種樸素厚重的中式傳統家具，全部走進歷史，取而代之的是「致敬」歐美設計師的現代款式（爸爸時不時會去深夜的敦南誠品書店翻雜誌取經）。店門裝上時髦的黑色門框，地板鋪上深色的木頭，音響播放lounge bar才會聽到的氛圍電子樂，一夕躍升為整條老家具街上最前衛的店。置身在截然不同的環境，老派阿公卻絲毫沒受到影響，幫女兒女婿顧店的時候，就老神在在看報紙，或手背在身後走來走去。

我在附近的螢橋國小讀小學，下課後，有時自己走路回家具店，有時阿公會騎著摩托車來載我。有一次，阿公突然把我載到一個陌生的地方，那是一個很昏暗的房間，房間深處有一個很老很老的女人。那女人穿著樣式古老的黑色衣服。阿公說，這是妳阿祖。我記不得阿祖的樣子，印象中，那是我第一次見到她，也是最後一次見到她。這和我有血緣關係的極老女人，從她寬鬆的袖口，掏出一顆已經咬了幾口、裸露的果肉已然氧化泛黃的蘋果。阿公鼓勵我接受這個突如其來的禮物，事後和我說，阿祖是清朝年代出生的人，童年窮困動盪的生活過怕了，從此省吃儉用，東西不隨意給人，什麼都往袖子裡藏。阿祖給我的那顆蘋果，雖然已經被啃過，也不知道在那神祕至極、彷彿多啦A夢百寶袋的袖子裡放了多久，然而阿公說，這個罕見的贈與行為，代表了阿祖心裡喜歡我。

阿祖後來活到九十九歲過世。

雖然當時不知道，但是生活的舞臺總是變換著場景，各式各樣的角色輪番登場，對個人來說那漫長而連貫的一生，在短暫相遇的他人心中，卻只不過是漆上了主觀色彩的斷代史。

南昌路家具街，就是一個舞臺。每天絡繹不絕的客人，對我來說都像跑龍套的演員，他們來來去去，唯一共同點就是他們口袋裡的錢，能保我們一家衣食無虞，和樂融融。

我的兒時玩伴，是隔壁家具店老闆的小女兒，她和我同年，臉蛋精緻小巧，一雙杏眼略往上吊，鼻子嘴巴都嬌俏，好像隨時會賭氣著噘起來，像一隻溫順卻有點傲嬌的小白鼠。

忘了我們從什麼時候開始來往，後來那小女兒有事沒事就到店裡來找我。我們躺在待售床墊上滾來滾去，在桌上畫畫玩扮家家酒，把裝家具的大紙箱改裝成祕密基地。

鄰居小女兒有一個姊姊，我們讀小學時，她已經在唸國中，頭髮燙成蓬蓬的玉米鬚，還染色，甚至還會化妝。鄰居小女兒似乎很怕她姊姊，我也怕，因為那姊姊總是一副生人勿近的嚴肅臭臉，大人也說她是不良少女，要我們少靠近。

不過後來鄰居小女兒和我說，她姊姊在家用手抓屁股的時候，都會發出「嘎嘎嘎」的粗糙聲響，我們想像著那滑稽的聲音，對比大姊酷酷女的形象，不禁放聲大笑。從此之後，我就不那麼怕那個大姊了。

家具街上的小孩眾多，附近一座小公園，是附近孩子們的大本營。我們在水泥溜滑梯爬上爬下，在涼亭與花圃之間玩樂奔馳，像小猴子般徒手盪過一排排單槓。孩子們來來去去，面目模糊，我們從不費心記住彼此的名字與來歷，在乎的只有當下的遊戲。

不過在這一大群玩伴中，倒是有個小女孩讓我印象深刻，她總是穿著粉紅色的T恤，個頭矮小，也小我們幾歲。她的脾氣火爆又霸道，小小年紀就尖酸刻薄，玩遊戲要當老大，玩玩具要搶第一，一不開心就張嘴尖叫。見到粉紅T小妹來了，大夥紛紛走避，她卻像路邊的鬼針草，渾身帶刺，卻又特別黏人。面對眾人的冷屁股，粉紅T小妹不屈不撓，每隔一段時間就在公園現身，無視自己的不受歡迎，裝作若無其事地跟在大夥旁邊轉。

後來我們各自長大，上了不同的國中，開始不再去小公園，我和粉紅T小妹的人生徹底分道揚鑣。最後一次聽見關於她的消息，是她上國中後當了「太妹」，然後懷孕，休學。

那座小公園總是生氣蓬勃，吵吵鬧鬧，但家具店的後街，遠離大馬路，少有車輛經過，氣氛平和靜謐。在這條街上，我學會騎腳踏車、玩滑板、和妹妹表弟與鄰家孩子們玩遊戲，還經歷了第一次的性騷擾。（奇怪老伯騎單車來到我身邊，問我這附近醫院在哪裡？我為他指路，沒想到老伯下一秒就說，我去看醫生，是因為我的睪丸生病了喔……沒聽完怪老伯鉅細靡遺形容他的睪丸情況，我就加快腳步離開。事後在日記寫下：「好噁心，比吃大便還噁心！」）

這條安靜小巷尾端，有家傳統柑仔店，前門大敞，賣零食、飲料與五金零件一類民生瑣物。店裡總是不開燈，陰影下涼涼爽爽的，門口放了好幾籃土雞蛋，遠遠就能聞到一股五味雜陳卻不討人厭的氣味。然而我印象最深的，是放在塑膠櫃臺上的麥芽糖。金黃色的透明圓形硬糖裡，包裹著深褐色的酸梅，陽光下發散著溶溶的金光，燦爛又高貴，卻不可思議地唾手可得。

去柑仔店的路上，偶爾會遇到送貨司機L叔。L叔長得很像周星馳電影《功夫》裡的火雲邪神：禿頭，表情凶神惡煞，老穿著一件白色吊嘎。L叔講起話來中氣十足，而且字正腔圓，有一種凡人少見的威嚴感，總覺得他應該站在某個講臺上發言，而不是汗流浹背地開著發財車幫人送貨。

爸媽經營家具店的那幾年，一直和L叔保持合作關係，後來我大學畢業搬家，還找過L叔幫忙。直到多年以後，家具店倒閉，阿公生病走了，阿嬤也跟著舅舅一家從舊公寓四樓搬離，童年的街完全物是人非後，我才從老一輩親戚口中，一點一滴拼湊起那條街上的一些故事。

就像小時候看L叔總是獨自來去，瀟瀟灑灑，後來才知道，L叔曾經結過婚，還生了一個兒子，不過老婆外遇，拋家棄子和情夫搬到日本去，而他唯一的兒子，也在一場工地意外中觸電而亡，死時還非常年輕。從此以後，L叔就自己一人過生活。

聽人說，L叔住的那間房子不好，是凶宅，曾經有人在裡面上吊自殺，而那個自殺的人，就是L叔的親妹妹，據說有精神方面的問題。外人講起L叔住的房子，總是避諱恐懼，但對L叔來說，若家裡的「鬼」不過是熟悉的至親，那這房子還算得上是「凶宅」嗎？

大人小孩說故事，像是遠古時代的古人圍坐火堆般，陰影幢幢、繪聲繪色、加油添醋，真實雜揉虛假，虛假裡夾帶真實，到最後，總是看不清最真實的事件樣貌，一個人有一個故事的版本。

另一個我無法求證，卻總是縈繞心頭的故事，是關於家具店後街上，被軟禁在小房子二樓的神祕小女孩。據說這小女孩罹患罕見疾病，她的家人不知是為了照顧她還是藏匿她，將她關在無窗無光的二樓小房間裡，不准她出來見人。小時候我在後巷遊玩走動，總會經過那棟在陽光下仍透著一股陰森的二層樓破舊小屋，一直以為那是某戶人家的儲藏空間，從未想過那裡面有另一個小女孩，置身在一個平行時空般的世界，在彷彿時間靜止的黑暗木板房裡，日日聆聽外頭其他孩子們肆無忌憚的奔跑與嘻笑。

家具店裡，常常只有我和阿公兩個人。

平常我們各做各的，阿公看報顧店，我看書寫作業，彼此很少對話，也從未有過任何傾訴衷腸、深刻交心的時刻。然而對方的存在卻又像陽光與空氣那樣理所當然，不需要時時提醒或費力紀念，那麼天經地義。

店裡有個長方形魚缸，裡頭養了各式品種的魚，其中圓圓胖胖、黃色泡芙般的金魚佔大半，然而在這群溫吞的金魚中，不知為何，還養了隻天性凶狠的灰魚。這灰魚形狀如梭，體型嬌小卻異常狠毒，下唇岔出兩根細白的尖牙，許多無辜金魚都命喪這對森森白牙之下。

為了停止魚缸中的殺戮，阿公試過很多辦法，例如用網子在水裡隔出兩個空間，讓金魚、垃圾魚和其他無害小魚在一邊，凶猛灰魚則獨自一邊。沒想到隔天一看，竟發現灰魚從水面跳進網子的另一邊，又一隻金魚受害。最後沒辦法，阿公拿來小鑷子，把灰魚的兩根細白利齒剪斷，再把牠放回水裡，從此以後，灰魚再也謀害不了其他魚，成天獨自在水缸裡空茫茫游轉。

有段時間，我還養了隻侏儒兔，爸媽不准養在店面，籠子只能放在後頭的倉庫。

白天我把兔子放出來，看牠在桌上的紙筆、文件、咖啡杯和家具型錄之間蹦跳，粉紅鼻頭輕輕掀動，眼珠黑亮發光，毛皮纖細柔軟，令人愛不釋手。晚上我把兔子關回籠裡，離開前和牠保證我明天一定回來。沒想到有一日回到店裡，卻發現兔去籠空，我質問阿公發生什麼事，阿公說，他把兔子拿去送人了。因為這事，我和阿公賭了很久的氣，直到多年以後媽媽才告訴我，其實那天前一晚，有隻野貓從天花板縫隙闖入倉庫，咬死了兔子，阿公擔心這悲劇對我來說太血腥，於是騙我是他把兔子送走了。

阿公話不多，生活很規律，一生心血都投注在家具店上。出身苗栗苑裡鄉下的他，曾說送貨就是他最快樂的時光，有錢進帳，鈔票在手，他就感到安心充實，人生有意義。後來，阿公走了以後，媽回想過去，說她最後悔的一件事，就是催促阿公退休。做子女的是好意，希望辛苦大半輩子的父母早點享清福，沒想到退休後，當時六十歲出頭的阿公頓失生活方向，不只是沉默，更開始長出無以名狀的焦慮，總是懷疑自己哪裡生了病，到醫院拿了一堆花花綠綠的藥丸，每日按時服藥，表情陰鬱嚴肅，像在默默對抗著什麼。

小孩長大，大人老去。國中以後高中，高中以後大學，我在南昌路消磨的日子，漸漸變得越來越少。人生舞臺，聚光燈焦點轉換，原本陌生的人逐漸成為主角，曾經的主角慢慢退居配角。

關於阿公，我記得的不多。他在新冠疫情最嚴重那一年的夏天去世，在那之前幾年，他已被診斷罹患失智症，身體機能在幾年內極速衰退，到了最後已口說不成句，雙眼張不開，不認識人也無法說話。記憶混亂的他，起居生活都需旁人幫忙。阿公死後，我一直回想他以前的樣子，試圖在腦海裡召喚出從前的時光，但無論我如何絞盡腦汁，記憶都是貧瘠不連貫的碎片。明明小時候與阿公相處的時間那麼多，為什麼到最後，我所記得的只剩下這麼一點點？

無論是阿公死去的那天，還是舉辦葬禮儀式的那日，我都沒有哭出來，甚至也沒感到撕心裂肺的悲傷，只有一種，普通淡然、極度疲倦的失落感。瞻仰遺容時，家人親戚排隊到小房間去見阿公最後一面，我選擇在外等候，坐在一片粉紅錦緞織成的椅子海與散發著詭異紫光的佛壇花卉之間。對我而言，我已見過阿公的最後一面，而我希望對他的最終印象，是他體體面面、容貌無損地躺在南昌路四樓臥室床上，閉上眼睛彷彿睡著了的畫面。

阿公去世那時，家具店已經頂讓出去很多年。當時每個月房租十萬，房東說還要繼續漲，再加上新時代網路與連鎖家具店勢不可擋，使傳統家具店深受衝擊，營業額開始出現赤字，赤字越滾越大，最終再無辦法，只好壯士斷腕，黯然清算頂讓。

家具店關門，阿公很感傷，店名的三個字裡，其中一字是阿公的名字，另外兩字來自阿公的兩位結拜兄弟。店的結束，似乎也昭示某段時光的徹底斷裂。當時大人們常常對彼此感傷地說「天下無不散的筵席」，好像這是如此自然且天經地義的道理，好像反覆多說幾次，感覺就會好一點。

阿公確診失智症後很長一段時間，表面言行舉止還算正常，看著不太像生病的人，再加上阿公一直有慮病症的傾向，大家也就都以為他其實沒有真的生病，只是老年人愛發牢騷罷了。某天晚上我在南昌路四樓混到很晚，阿嬤已經睡了，整個公寓安靜得只剩下調低了音量的電視聲，阿公翹著二郎腿，像一直以來那樣，坐在茶几上看電視（後來我才意識到，這個習慣多奇怪）。時間真的晚了，我開始收拾東西準備回自己的家。阿公送我到門口，看著我走下樓梯，我抬頭揮手說再見，阿公半張臉被客廳微弱的光線照亮，半張臉陷在樓梯間的陰影裡，微笑說：「再來玩！」

家裡人都說，阿公選擇了最溫柔的方式離開我們。一年一年，他坐在同一張椅子上，像一株緩慢枯萎的樹，一點一滴流失水分，風乾皺縮。家人無微不至地照顧，即便阿公已不再回答，大夥還是一直和他說話、開玩笑，有一年甚至還推著輪椅去花蓮美崙大飯店度假，好像受困老朽肉體深處的「他」還能聽見似的。然而我們心中，都有一面沒有數字的空白時鐘，時針分針秒針不斷疾走，你無法確知走到了哪、如今幾點了，只知道它會不斷地走，不斷地走。阿公緩慢而漸進地在我們眼前消逝，這是溫柔，還是殘酷？我不知道。

當年的家具店，經過幾次轉手，後來變成一間托兒所。阿公走後幾年，阿嬤跟著舅舅搬家，從老舊的南昌路四樓公寓，搬到一棟河岸邊全新落成的電梯大樓。搬家前，我帶著相機，像製作倉庫貨品目錄一般，把南昌路四樓公寓裡我所熟悉的一切事物，全都拍下來，一格一格儲存到記憶的倉庫。只不過照相這件事，說到底不過是徒增傷感。曾聽人說，我們拍下的照片，雖然保存了心愛人事物的永恆模樣，同時卻也讓我們在日後發覺，自己失去了多少。

葡萄牙作家佩索亞（Fernando Pessoa）在《惶然錄》（*The Book of Disquiet*）寫到

生活中，那些看似繁瑣平凡，卻和自身存在緊密鑲嵌、彼此滲透的事事物物：「……所有這一切都成為我生活的一部分。我無法做到在離開這一切時不哭泣、毫無感覺——不管我是否願意——我的某一部分將與這一切共存，與他們分離將意味著我局部的死亡。」

南昌路四樓的老公寓，是一個活生生的地方，而不只是地圖上的一個地點。過去數十年，老公寓一直是熱熱鬧鬧的。阿公阿嬤有五個孩子，孩子又生了孩子，一大家族加起來有十幾二十人，日常中有事沒事各種名目，吃飯，打麻將，過年過節，進進出出，牆上有一面數十年不曾拿下來的老時鐘，在一本又一本厚重的家庭老照片中，反覆在背景裡以不同角度現身。在那面鐘下，時光跳躍剪接。我的爸媽結婚大喜，容光煥發的友人們一字排開。我的阿姨搖晃著強褓中的我，開朗而年輕的笑容未染滄桑。活著的小狗與後來死去的小狗。我認識的親戚與不認識的親戚。歲月流逝，直到驀然降落在一個夜晚安靜得只有電視聲的客廳，老去卻還未發病的阿公，對剛成年不久的我淺笑著說：「人生好短，一下子就過了。」

這些年來，南昌路四樓老公寓，吸納了大量錯綜複雜的人生事件，然而那老公寓與我，仍保有一些無人知曉的祕密。

清晨是我和老公寓幽會的時刻。為了赴會，我學會了裝睡，爸媽無可奈何，只得把我留在阿公阿嬤家過夜。

然後，清晨時分，我和老公寓一起準時醒來。

日夜交接之際，天色還濛濛未亮，世間萬物仍舊熟睡，光線蘊含著一種幽微的藍色，那藍，像胃底一串懸而未決的搔癢，又像一聲無限溫柔的呼喚。此時的公寓是脆弱的，像翻肚的貓一樣，露出最柔軟且易受傷的一面，無聲無息和我交換著大量的無名訊息。此時彷彿不是昨天也不是明天，沒有該做的與未竟的，沒有欲望也沒有遺憾；時空無限大，我獨自一人，全然浸透在空曠的自由與迷失之中，並為此深深著迷。

在這樣的時刻，我曾看過活著的母親的鬼魂。親眼見到母親有血有肉、神態輕鬆地從房間走出來，再走進廚房，每格畫面都清清楚楚。直到天光大亮，我問阿嬤，媽媽怎麼在廚房那麼久沒出來，阿嬤說，妳媽昨天又沒睡在這裡。

是幻覺？是記憶的錯置？魅影就像跑錯棚的演員，在錯誤的時機，出現在不該出現的舞臺，擾亂故事的時間線。

清晨的老公寓，藍色的魔幻時刻，彷彿世界的祕密後臺，在這裡，一切事物都以原形型態出現，不受時光限制，也不被命運框架所困，像創世紀的混沌初始，主客交融，一切恆常。想起阿公過世後，媽媽曾和我聊起她快樂無憂的年少時光，感傷地說：「我曾以為一切都會永遠停留在那裡。」

直到窗外晨光逐漸變亮，群鳥開始吱喳嘈雜，街上市聲喧囂鼎沸，刺目陽光將萬物照得扁平，那庸俗醜陋與殘敗質地於是一一顯形，白天終於追逐了上來。魔力消失了，什麼乾淨的東西被弄髒了，優雅的、美麗的事物退居幕後。又是嶄新的一天。

阿公曾經表示，希望死後可以葬在自己母親身邊，然而阿公離去後，家裡人考慮種種現實，發覺如今要實現這個願望實在太困難，因此阿公的骨灰，如今安放在一幢位於鶯歌山頂、美輪美奐靈骨塔的其中一格櫃子裡，離曾經給過我一顆蘋果的阿祖那寒涼已久的屍骨十萬八千里。

而從年輕就一直說著想住電梯大樓，並為此和阿公吵吵鬧鬧的阿嬤，終於在八十幾歲時圓夢。只不過這件事似乎沒有讓她更快樂。搬家將她從習慣且紮根已久的生活圈中抽離出來，從前上哪個市場買菜、在家裡什麼時間做什麼事、怎麼吃怎麼睡，全都由她自己做主，如魚得水。如今，阿嬤睡在活動式隔板房間裡，阿公的牌位在客廳裡餘香裊裊，過去在南昌路一起練太極拳、閒磕牙的朋友們，一個接著一個走了。全新的生活，充滿了各式各樣的不習慣，阿嬤似乎並未因夢想成真，而獲得童話故事結局永遠的幸福快樂。阿嬤一直是個不怎麼快樂的人，心地單純善良，卻悲觀負面，常常自己和自己打架。年輕點時，阿嬤有好幾次因憂鬱而臥床不出，她和阿公也總是在吵架與冷戰的輪迴中互相折磨。阿公罹患失智症，在椅子上逐漸風乾腐朽、不斷發出駭人濕咳的那幾年，阿嬤看阿公的眼神，也滿溢著悲傷與怨毒。

後來阿嬤和我說了一個故事。很多年前的某一天，她和阿公還年輕，阿公陪她坐捷運去看身心科，沒想到在捷運上，阿嬤開始恐慌發作，阿公陪在她身邊，眼睛緊盯著螢幕上跑動的站名，不斷安撫著阿嬤說：「快到了，快到了。」

這故事對我而言非常奇怪，因為在我的人生舞臺上，阿公阿嬤從未上演過這樣溫柔的戲，也從沒見過他們牽手擁抱親吻。大多時候，他們總是冤家般，一個怒目瞪視，一個沉默無視。

很久以後，南昌路、家具店與阿公全都湮入歷史後的某日下午，我和阿嬤在她的新家，我問她覺得自己一生中最快樂是什麼時候。阿嬤說，阿公離開後，她感到解脫，說自己從來沒有像現在這麼快樂過。但這麼說著的阿嬤，看起來一點都不快樂，她眼裡還是那麼多的悲傷、驚惶，甚至是憤怒。她的愛與恨，泥漿般混濁，我從來沒有弄懂。

阿公離開幾年後，某天晚上我行經久違的南昌路，路上有些老店還挺著時代之流矗立著，有些則已改朝換代好幾次。我們那間經營了兩代的家具店，和對面四樓的老公寓，如今在裡頭的都是我不認識的人。從前在街上見過的熟人鄰居，不是老了、離開了，就是不在了。

在這似曾相識的街上走著走著，從未因阿公之死而嚎啕的我，突然就淚流不止。那悲傷像一團飽滿抽象的空洞，像預示冬天即將降臨的一陣風，倏忽迎面撲來。哭哭走走了一小段路，擦乾眼淚，又覺得好了，沒事了，突如其來的情緒亂流，很快又回復平靜無波。於是我發覺，深刻的失去，並不是大起大落的異常，而是與人合為一體的平常。悲歡禍福，從未真正分開過。

一場巴黎婚禮

十一月的晚上，巴黎細雨稍歇，街燈倒映在潮濕的街上，油彩般暈染開來。天冷，公寓窗戶透出寧靜的暖黃燈光，人的剪影在裡頭模糊晃動，一格窗戶一格故事，看得見摸不著，親密又遙遠。循著地址，找到巷裡一間人聲鼎沸的紅色酒吧，推開門，暖氣迎面包圍，裡頭空間不大，我很快就看到了他。

新冠疫情全面爆發那年，居住在世界兩端的我們，透過訊息結束了七年的感情。在那之前，我們已在遠距關係中藕斷絲連了兩年，本來終於下定決心，要搬到同一座城市重新開始，沒想到世紀病毒來了。只是全球大疫並非分手主因，而是壓垮駱駝的最後一根稻草。既然國際旅行困難重重，既然這個時候遷居風險太高，既然有這麼多的麻煩與險阻，那麼就，不見了吧。

上一次面對面，已是四年以前。

酒吧昏暗燈光下，他擠在幾個共同老友之間，眾人起身招呼擁抱，熱烈寒暄，興奮之情蓋過了緊張。友人久別重逢，吱吱喳喳東南西北閒聊。我看著他，他也回視著我，平平常常地說話，眼神卻在梭巡著彼此臉上這些年來的變化。他瘦了，笑起來時，臉頰兩側多出兩道深邃的凹痕，面容不似二十出頭那般清俊，多了些勞累與滄桑。

小飲後，一行人從酒吧離開，回到深夜的寒冷大街上。大夥在巴士底站附近，合租了一間自助式公寓，離酒吧不遠，我們決定散步回去。觀光淡季的巴黎有些清冷，我們前前後後，走在垃圾四散的潮濕巷弄，嬉鬧著邊走邊聊，恍惚回到我們的二十歲，在臺北的大街小巷，漫不經心、無法無天的揮霍時光。

往事潮水湧來。

海明威名言，如果你夠幸運，年輕時曾待過巴黎，這流動的饗宴會一輩子住在你心裡。然而此時此刻，我想還有一種有幸之人，會在稚嫩的人生階段遇到一群志同道合（或說臭味相投）的朋友，在彼此的善意與陪伴、合作與競爭、光榮與失敗之間互相拉拔長大，即便日後世事流轉，那樣深刻的友情卻永遠成為了自己的一部分。

後來，為著各自的願景，朋友們分道揚鑣，走入了完全不同的生活場景，共同認識的人也少了，曾經熱絡的聊天群組逐漸安靜下來，只有在過年過節時分，偶有幾句零星祝賀之語。直到多年以後的今天，為著參加一位共同好友M的婚禮，我們從世界各地風塵僕僕趕赴而來，重新聚首巴黎，封存多年的時空膠囊，終於重新開啟。

回到了旅館。幾個人輪流洗澡，等待其他人洗漱的空檔，我和他各據客廳的兩張沙發床上，整理行李，有一搭沒一搭閒聊。他推開窗戶，坐在窗櫺上抽菸，窗外是隔壁建築的屋頂，矮下身才看得見深灰帶紫的濃濁天空。冷空氣混著菸草燃燒的氣味絲絲拂進屋裡。除了浴室隱約的水流聲外，四下一片寂靜。剛見面時在人群中兵荒馬亂，此時在安靜中相對獨處，突然間不知該說些什麼。話語底下喧囂的沉默，在我們之間洶湧奔流。當初就連分手，都沒有見到彼此的面，電話也沒打，只在手機上，來回了幾封長長的文字訊息。不是因為尷尬，也不全然是為了逃避，而是，實在是筋疲力竭。

我們先是朋友，而後才成為戀人，卻又倉皇發現，我們可能不適合談戀愛。他需要一個更柔軟的女人，我需要一個更柔軟的男人。友誼之情和戀人之情混雜，有多少美好也有多少怨恨，想分開，卻又捨不得，時間越長包袱越重，不乾不淨拉拉扯扯，最後轉為開放式關係，以為這樣就能鬆綁窒息的感情，殊不知那只不過是正式分手前一場漫長而痛苦的彩排。

近乎無聲的這些年橫亙在彼此之間，心中翻騰著各式各樣的情緒，卻理不清想表達的究竟是什麼。所以什麼也沒說，坐在窗檯上吹風，聊些無關痛癢的話題。那晚睡前，昏暗光線下，他脫掉上衣，我觸目驚心瞥見了他的肋骨在緊繃的皮膚下一根一根隆起，脊椎一節一節清晰鋒利，鎖骨海溝般陷入兩道深沉的陰影。什麼時候變得這樣瘦骨嶙峋？曾經我熟悉這副身軀的每一寸細節，如今眼前這副肉體卻無比陌生，就像多年後重回舊地，卻發現舊樓塌，新樓起，店家改朝換代，景觀迭代變異，熟悉的街景不復存在。

一夜無夢。

早上七點鬧鐘響起，忙碌的婚禮日來臨。一大早我便來到準新娘M的公寓，小小的一房一廳，已經擠滿了人，外套包包堆滿小沙發，音響播放著流行歌曲，桌上有柳橙汁和可頌，新娘和伴娘們擠在一個房間，嘰嘰喳喳化妝吹頭髮噴香水穿戴衣裝，新郎和伴郎們則穿著筆挺西裝，在另一個房間悠哉地抽菸聊天。窗外仍是寒冷蒼白的十一月早晨，屋裡卻彷彿熱帶嘉年華般熱鬧歡快。

新郎新娘裝扮完畢，眾人擠在小客廳裡舉杯慶祝，接著一群人浩浩蕩蕩從M家一路走到市政廳，和其他前來觀禮的親朋好友們會合。結婚儀式前後不過三十分鐘，M和新婚丈夫在法國總統馬克宏的肖像前，交換誓言與戒指，眾人掌聲中親吻彼此，圓滿完成了婚禮。

晚上八點，新郎新娘在蒙馬特附近包下了一間酒吧，在那之前是自由活動時間。有些人去購物，有些去喝酒，有些回家休息，我和他決定去散步。

白日依舊寒冷，太陽在迅移的雲間忽隱忽現，雨勢也忽大忽小。我們漫無目的地走，跨越灰綠色的塞納河水，經過焚毀重建中的聖母院，一路往北，沿著蒙馬特斜坡往上爬，氣喘吁吁來到聖心堂。此時天空霎時放晴，巴黎在山丘下平坦遼闊地展開，從這裡眺望，看得見巴黎鐵塔、龐畢度中心、聖母院、繁忙車站與高低錯落的不知名建築物，都在冬日陽光與凜冽空氣中閃閃發亮。

四周人群煥發著興奮之情，情緒高昂地交談漫步，時不時停下來拍照。我們置身形色人群之間，一樣忙著觀光，東看西看，取景照相，閃躲迎面而來的人，幾乎都沒和彼此說話。從山坡的另一側往下走，抵達櫛比鱗次著非洲餐館、髮廊與雜貨店的黃金滴。空氣的味道變了，身著華麗衣袍的黑膚女子走過，小髮廊的旋轉椅上坐滿了頭戴美髮儀器的客人，身形頎長的男子靠在牆邊高深莫測地打量路人，街邊攤販籃內五顏六色的蔬果多得彷彿要掉出來。一切所見盡是全新。他走在我前頭，想起很多年前，感情正濃時，也是這樣，一起四處闖蕩，用少少旅費爭取最大體驗，牽著彼此的手大口呼吸陌生空氣，心底都有強烈的渴望，想要成長，想要走得更遠，卻沒想到來不及等到彼此脫胎換骨，半路已經意興闌珊。

我們在蜿蜒街巷裡穿梭，轉個彎，來到一條無人的後街。雲影在地上浮動，天色忽明忽暗，突然氣溫驟降了好幾度，站在風口的我們凍得渾身打顫，決定找一間咖啡館避寒。

在咖啡店，我們各點了一杯Espresso。他又在捲菸了。過去我總擔心他菸抽得多，如今也只是淡淡看著，什麼都沒說，兀自拿起裝著燙口咖啡的小瓷杯，一點一點啜飲。菸草的微辣氣息瀰漫了我們七年的關係，像一款老舊的香水，聞到便勾起久遠的回憶，五味雜陳席捲而來。不是渴望，不是憤怒，也不全然只是懷舊，模糊一團，像暴雨後滯塞在排水孔上的形色雜碎，阻擋排水順暢，散發些微異味，挑起來卻都是記憶的碎片。

看著他凹陷的雙頰，我問，怎麼變得那麼瘦？

他說，這幾年他去做了一系列精密的健康檢查，發現自己一直以來大小病痛不斷，竟是因為罹患一種叫做「麥麩不耐症」的自體免疫消化系統疾病，並且連帶驗出對番茄、耳機、金屬鈕扣等各種含「鎳」事物過敏。

為了控制疾病，他對大量食物忌口，體重一路瘋狂下降，多餘肥肉消去，皮膚緊緊包縛住肌肉骨骼，成了一身鋼筋電纜。過去的他，雖體格飽滿，卻總是病痛不斷，終日陰鬱沉悶，而今雖然扁了半個人，卻目光炯炯，神情鬆泛，整個人變得開朗許多。

想起當年他多病的身體。各種原因不明的不適症狀，經常性的腹痛與腹瀉，皮膚層出不窮的紅疹，免疫力低落而爆發的各式炎症。他的脾氣只有差和更差，日常一點小事便能擦起爭吵的火花。我厭倦他的多災多病，也厭惡他的刁鑽難搞，他指責我不夠體貼，凡事過於自我中心。無數磨擦，日夜相處，倦怠與怨懟與日俱增，彼此在知名與不知名的痛苦中，終日消耗拉扯。

不想分手，是因為還念舊情，還記得曾經有過的好時光，也不希望在彼此身上加諸分離的痛苦。於是進入開放式關係，以為這就是解方與出口，最終卻成為逃避現實的管道，祕密累積得越來越多，很多事情以為不說與不知情就不會有影響，然而所有背地裡發生的事，最終都會成為一股隱形的力量，將兩個人朝不同方向越推越遠。然而表面上卻還欺騙著自己，只要不分手，就守住了曾經有過的約定，這段關係也就還不算真正毀滅。

後來他和我說，其實當年疫情爆發前的幾個月，他已經和某人同居了一段時間。對他來說，長年遠在地球另一頭的我已不再實質存在，那個近在眼前的人，給予了他實實在在的關心、陪伴與溫柔，是壁爐中觸手可及的溫暖火焰，而不是遠在天邊的空泛誓言。

聽他說起別後種種，就像偶然在家發現一臺老舊相機，插上電源重新開啟，塵封多年的混沌影像在眼前搖晃展開，一股熟悉又陌生的感覺團團包圍了我。二十出頭的青澀時光，看似年輕而開闊，實際卻是一段困限動盪的時期。缺乏人生經驗，尚未熟悉世事，總是因膽怯而做得太少，或因逞強而用力過度。那也是一種同床異夢，我們在臺北的公寓，度過了寒冬與炎夏，一場又一場的雨，輪流目睹彼此大大小小的情緒崩潰，為了金錢人際與未來焦慮，像小孩開大車那般，時有超速與偏離，很多時候更是直接朝著彼此衝撞而去。那時以為操之在己的，其實遠遠超出自身控制，而那些真正能夠掌握手中的，卻又為了推卸責任而裝作無可奈何。

感情後期，一切跡象都指向實質性的分手。我們位處時差相隔七小時的國家，每天的聯絡訊息寥寥可數，共養的貓某天趁隙溜走後再也找不回來，而我們也都各自遇到了另一個人，在地球的另一面，潛入了另一段關係。許多事從來沒有說清楚，但是關係的無可挽回，我們心知肚明，卻選擇不聞不問，一則一碰就痛的懸案，只想放著不管，順其自然。終於疫情來了，分手水到渠成，誰都不用當壞人。

很久以後才看清那時如何偽善，口口聲聲說不想分開是不想傷害對方，實際上，只不過是無法面對已然與持續造成傷害的自己。

天色逐漸暗了下來，街燈亮起，街道藍得更深了。

美國作家托妮．莫里森（Toni Morrison）在小說《爵士樂》（*Jazz*）寫到，在一個百無聊賴的鄉間小鎮上，一個女人懶懶斜靠在煙塵馬路邊，或許就足以使一個恰巧經過的單純男人動情。但同一個男人和女人，若是在人潮洶湧的紐約大街上相遇，很可能完全不會注意到對方，就那樣心如止水擦身而過。但，若這名女子恰好坐在紐約水泥峽谷之間的某張椅子上，手裡拿著一杯冰啤酒，一隻翹起來的腳尖勾掛著高跟鞋，在陽光裡晃呀晃，鞋面反射著燦亮光線，纖弱嬌小的身形襯托著這座城市的巨大、堅毅與沉默，這大大小小的細節，將會交織出一幅足以使這男人心動的畫面——他會愛上她，並以為他所愛上的，是眼前的這個「她」本身，而不是周遭一切由光影、色彩、律動與當下心境所組成的一幅愛情幻象。

如今想來，那漫長而迂迴的分離，從來沒有一個足夠清楚的導火線。沒有戲劇性的背叛，沒有金錢上的糾紛，更沒有任何形式的虐待。失敗的關係，往往都不是因為那一件兩件事情。真要追究，或許可以責怪性格的缺陷與愚昧的選擇，或許可以責怪失衡腸道菌落導致的壞脾氣，或許也可以怪人生到那個時間點為止，所有將我們塑造成「自己」的種種事件。於是，因著某些來不及看到，來不及處理，來不及意識過來的點滴錯誤，裂痕不斷累積，終於感情就這樣原地崩解。

華特．惠特曼（Walt Whitman）的〈自我之歌〉（*Song of Myself*）：I am large, I contain multitudes.

愛的緣起緣滅，追究過往為的不只是分辨對錯，而是在事後反芻中，用新的體悟、新的視角、新的成長，去重新理解、原諒與釋懷。

我們在此，離家千里遠的咖啡座，隔桌相對。不是戀人，不是家人，不是普通朋友，不是曖昧對象，更不是陌生人。

雨又停了，水滴從遮棚邊緣不斷滴落，服務生為隔壁桌的兩個女子送上冒著煙的熱湯。形形色色的路人不斷從我們眼前經過，素未謀面的人，此生不會再見第二次的人。那一刻，我突然明白此趟旅程真正想說的是什麼。

「很抱歉。」

「沒關係。我也是。」

看看時間，M的婚禮派對即將開始。此時天整個黑了，氣溫又降了幾度，街上車流像一條紅紅綠綠的光河，在毛毛細雨的折射下氤氳著光霧。我們起身，結了帳，並肩走在燈火通明的街道，彷彿剛剛跨越了一條激流，無言之中達成了某個重要共識，心情暢快閒聊談笑，混在身邊成千上百的人群中，朝著不遠處的溫暖酒吧，美酒美食，音符節奏，親愛朋友們，一步步走去。

電光明滅間，昨夜的記憶像蒸發的水漬，
只剩下淺淺的印痕。

與痛苦作對，便會不斷受苦；
與之合為一體，便不受分裂之苦。

糖寶貝

海面上方閃過一計悶雷，腳下大地隆隆震動，一陣絞痛在腹內深處瀰漫開來，寒毛銀針般連根豎起，她吞了口口水。

無人的白色海灘上，氤氳著夕陽剛落的粉紫色光線，沙子在一片薄霧裡晶瑩閃爍，彷彿上千萬隻玻璃小蟲破土而出，鏡面甲殼反射著大氣的細碎亮光。她赤腳走在冰涼柔軟的沙地上，一步一步，漫無目地。腳印停在沙地與海水的交界處，時間一分一秒過去，海浪逐漸朝遠方退去，她面對著大海，沙灘上的腳印在海風的反覆吹拂下，漸漸塌陷，變淡，消失。

厚重而巨碩的陰雨雲懸浮在前方海面上，凝滯而緩慢地移動，風不斷吹來清涼欲雨的信息，彷彿潮濕的觸手，每一次拍拂上身，就牽動她的敏感神經，腹痛一波未平一波又起，雞皮疙瘩爬了滿身。在逐格暗去的光線裡，大海開始散發一股不祥氣息。她心裡抗拒著回到飯店，那股惘惘的不祥感卻迫使她轉身，腳步急促往來時路走回去。

房間和她離開的時候一樣昏暗。幾個小時過去了，窗簾仍無精打采垂掛著，房內沒有人活動過的痕跡。她進入廁所，關上門反鎖，脫掉內褲坐上馬桶，霎時感到身體底部的開口和地球重力對接，牽引著她的腸胃向下墜落。疼痛再次襲來，她按著肚子收緊身體，眼睛盯著陰毛刮得一乾二淨的三角形皮膚。她既焦躁地等待著體內穢物轟然排出，然而在一陣劇痛的假性痙攣過後，一切又復歸平靜。什麼都沒有出來。

一整個早上，已經數不清發生了幾次假警報。褲子穿穿脫脫，喝水揉腹，甚至去海邊散了場步活絡活絡，但身體卻像存心想愚弄她一般，總在強烈痙攣狀似泥流將要爆發之際，突然間又回歸風平浪靜。她像一艘擱淺在廁所的破船，虛弱地攤坐在馬桶座椅上。

她低下頭，從大腿縫隙中間，直直看進馬桶底部的黑洞。她想起從前一個學醫的朋友，曾一臉自以為是跟她說：「我們人，其實就是一條管子，跟蟲差不多。嘴巴到腸子到肛門，這條路暢通，妳的人生才會快活。我們活著，不過就是在盡量滿足這條管子的需求。」她扭過身擦屁股，意興闌珊想著，這個說法似乎有點過分簡化。人類和蟲，差多了吧。

回到房間，就著狹小窗簾縫透入的微弱光線，她打量著棉被裡凹凸起伏的人形輪廓。床上的那人一動也不動，不知是死是活。他睡覺從不打呼，甚至連一點呼吸的雜音都沒有，安靜到啟人疑竇。有時候她比他早醒，忍不住把食指放到他鼻子下面，探測是否還有氣流。如果他死了，他會留多少錢給我？這個問題掠過腦海。實話實說，她不喜歡自己思考這個問題，這個問題卻常常自動找上她。他們親密，卻不是夫妻也不是家人，真要說，或許是好朋友的那種關係。非常非常好的那種朋友。會上床的那種。會用各自的長處照顧彼此短處的那種。他死了，會留給這樣一個好朋友多少錢？他會給她那間公寓嗎？那臺車呢？她就那樣坐在床沿，直到窗簾縫的光線消逝殆盡，才伸出手，搖了搖裹在棉被裡的人。

「嗨。」他咕噥了一聲。

「嗨。」她說，「六點多了。」

男人緩緩坐起身，一股睡眠的氣味從棉被深處散出，「餓了嗎？」

「可以吃點東西。」她說。她從不直接說要或不要，她覺得這是一種禮貌。

她伸手按開床頭燈，光線讓房內事物瞬間有了清楚的輪廓，凌亂的床單、圓弧形的桌燈、衛生紙盒、一隻落單的襪子、一杯喝了一半的水，與一個蓄滿了精液的軟塌保險套。這些家常物件給了她一種錯覺，好像他們仍置身在平常見面、他為她租下的那間市中心公寓，而不是這座遠離人群的豪華度假島嶼。

男人進入浴室洗漱，她在梳妝檯前補妝。一早起來就畫好的眼妝暈開了，她用化妝棉擦去糊掉的邊角，重新用眼線筆勾出絲滑銳利的黑線。她從衣櫃取出黃色的緞面長洋裝，換裝時忍不住手腳加快，擔心男人會從浴室走出來撞見。她從來搞不懂自己為什麼會有這樣奇怪又彆扭的習慣，明明彼此都已經裸裎相對，甚至肉體交合了那麼多次。

梳妝完畢後，她坐在床上等他。床正對著化妝鏡，她看著自己的倒影，被海風吹過的頭髮，已梳整得服服貼貼，掛在眼下的兩包眼袋，被粉底與遮瑕粉飾了過去。但是她在自己的眼睛裡辨識出一絲疲憊，那疲憊被圈禁在完美的眼線、修過的眉型、打過填充的面頰，以及整過兩次的細挺鼻樑之間，像一汪欲滴未滴的水，在無風無雨地帶慢慢變得越來越混濁。

她等了很久，就坐在那裡，看著鏡子。她處在一種疲憊與興奮的混亂狀態之間，神祕腹痛的反覆來襲吸乾了她的精氣，然而她身邊充滿了閃亮簇新的事物，讓她暫時忘卻了肉體的不適。她期待這場旅行已經很久了。自從交往以來，他三不五時就帶著她飛這飛那，白天他去談公事，她就一個人在街上晃蕩，刷他的卡，花他的錢。但是這麼遙遠，遠到得轉兩次機再加一臺直升機才抵達得了的地方，還是交往兩年來的第一次。她敞開所有感官細胞，大口大口盡情汲取著環繞身邊、極盡奢華的一切事物，玄關上盛開的鮮花、月光下的私人海灘、半夜兩點興之所至客房服務叫來的一桌美酒美食……所有物質彷彿由同一個母體幻化成的不同誘人變形，像海中各色珊瑚蚌殼任她凝視、撫摸、揉搓、撬開然後大口大口地舔舐。她與萬物緊密鑲嵌，骨肉相連，一分一秒都不想錯過。只是幸福到了極致，總會出現一種不祥的感受。那不祥來自於假定一切美好事物終究都會分崩離析，化為塵土。但是她知道自己還是非常幸運，每每細數自己如今擁有的一切，都還是有一種驚險過關的驚魂未定。假如當初陰錯陽差，兩人的相遇差了一時一刻一秒，假如那天她胃痛發作而沒去參加那場朋友的生日會，假如她與他在那一天內做了這個選擇而不是那個選擇，假如人事時地物不是那麼不可思議地恰到好處……那麼或許如今眼前的一切都不會發生，她也無法想像自己現在將會置身何處。

美夢成真，現實反而輕飄飄地像夢。這幾年，她反覆做一個夢，夢裡人聲鼎沸，五彩繽紛，她和一群不熟識卻也不陌生的人在一場天堂派對狂歡。然而派對燈光所及之外，是大片大片荒涼的野地，空曠得令人有些害怕。然而再往遠處眺望，遙遠的地平線上，夜色朦朧之下，她隱約見到了一道比萬里長城還要長而無盡的柵欄，意識到原來無論看起來多麼開闊，仍然是困著的。

終於他光著身子從浴室出來了。他盯著她看，露出笑容，在她起身到鏡子前戴項鍊時，從背後環抱住她，滾燙圓胖且略略潮濕的身體緊緊貼上她的曲線，手也跟著滑上她的軀體，「準備好啦？」他聲音低沉，像遙遠的雷聲在她耳邊震動，聞起來有剛刷過牙的薄荷味。她侷促地看著鏡中映像，兩人的肉身一前一後交疊，她想起曾經見過的一幅螃蟹交配圖，上面那隻的外殼灰硬堅亮，下面那隻卻病態地蒼白柔軟。後來她才知道，螃蟹一生中，會經歷好幾次的脫皮，每一次褪下老殼後，便會長出更大更堅固的新殼，不斷重複直至老死。然而成熟的蟹殼太硬，公母無法交配，因此公螃蟹會趁著母螃蟹脫皮時，守在旁邊，甚至幫著母螃蟹把老殼褪下來，小心翼翼為牠輕解羅裳，然後在母螃蟹的新殼還薄而柔軟時，與牠進行交配。

她看到鏡子裡的自己擠出了笑容，手搭上男人的手背，輕輕按壓固定住，彷彿在確認彼此的感情，也彷彿是在含蓄遏止進逼的慾望。他開始用下半身一下一下輕輕頂她，昂挺的啤酒肚撞向她的背脊，她重心不穩向前趴到化妝桌上，卻趁勢轉過身脫離他的擁抱，故作開朗親暱地拉住他的手，「我們走吧！」她說。

此時的天空已是深紫透黑，大塊雨雲仍在步步進逼，卻遲遲不登陸。

走路時，緞面洋裝在她大腿上絲滑如水地來回摩挲，項鍊的寶石冰涼而沉重地壓在她的皮膚上。在遠離凡塵俗世的熱帶小島盛裝打扮，那麼徒然虛榮，卻讓她暫時忘卻了無以名狀的躁動，她覺得此時此刻的自己就像個貴族。穿著整潔制服的帶位員領著他們到座位上，各就各位，主角有主角的樣子，配角有配角的樣子，所有人心照不宣遵守著角色扮演的隱形秩序，滴水不漏，毫不踰矩。

他們在靠落地窗的桌位坐下。

每一次攤開菜單，就是她重生的時刻。十幾種菜餚與酒飲，綴飾著異國風情的菜名，搭配令人心跳加速的高單價，每一道菜都像一顆盛在絨布托盤上形色各異的寶石，在燈光下輻散耀眼光芒。

她有個壞習慣，和他上餐廳，總是點超過可食用的分量，但他從來不多說什麼。

等待餐點上桌時，不知怎地，他和隔壁桌另一對穿著高雅體面的夫妻搭起話來。這些人永遠那麼自然尋常地和彼此搭上話，好像雙方早已存在於彼此錯綜複雜的社交網上，只差一次的見面三分情，就能正式開啟這條關係的通行綠燈。她不擅和陌生人聊天，也跟不上那些擠眉弄眼與機智世故，於是她微笑點頭，熟練表演友善且認真聆聽的態度。她的妝很美，她的衣服很美，她的頭髮恰到好處的柔軟服貼。都很美。她對自己充滿信心。

兩桌相鄰，話語嚶嗡，她想起很多年前在一家咖啡店無意間聽到的一段談話：

「其他人，你都給她們多少錢呢？」

「不一定，看品質。」

「那你覺得怎樣才算是品質好？」

「很難說，外貌、個性……我認識一個還是研究生畢業的，本身還有在畫畫。」

「所以你喜歡高學歷、有才華的女生？」

「也不一定，高學歷、有才華，也很容易自以為是。」

原本她以為隔壁桌男女是出來談公事的商業夥伴，聽到一半，才發現是一場包養面試。桌與桌之間不過三步距離，不想聽也聽得見，何況這話題挑起了她濃厚的好奇。偷偷瞥了一眼，隔壁女子渾身上下胭脂水粉、精雕細琢，男人卻是一套簡單的藍上衣配卡其短褲，女子像是深怕冷場般不斷拋出新話題，表情隨著對話氛圍不斷在燦笑、驚嘆與撒嬌之間靈活變換，男子卻一臉不動聲色，肢體散漫地斜靠在椅子上，雙腳大開，其中一隻不斷踩著地板抖動。

突然她意識到，在一個人面前，如果沒有情緒表演與自我編輯的需要，這樣的散漫與不在意，就是一種權力。

女子認真陪笑的同時，男人時不時低頭傳簡訊滑手機，某一刻像是突然想到什麼要緊事似地，猛然抬起頭來，打斷正在喋喋不休的女子。「我去付帳，今天很高興認識妳。」男人走去櫃檯買了單，回來時仍低頭看著手機，一聲再見沒說，甚至一個眼神都沒致意，便揚長離去。女子敬業地朝著男人背影保持笑容，似乎是怕對方會突然回頭突擊檢查。男人走遠後，女子並未馬上起身，而是滯留座位，將桌上的漂亮茶壺與茶杯前後左右移來移去，擺出構圖後，拿起手機在不同角度拍了幾張照。似乎是滿意了，她面無表情地坐了一會，眼神凝視著空中某處，或許是在思考接下來要去哪裡，或許正咀嚼著某些後知後覺。幾分鐘後，女子站起身，踩著一雙鞋跟粗厚的高跟鞋，步伐略不自然地朝男人離開的反方向蹣蹣走遠。

目睹了這一齣戲，她內心不自覺升起訕笑，然而那幸災樂禍卻也混雜著一股無向的微怒與模糊的悲哀。她發現自己正揣想著，自己是不是能比那女的表現更好？

當時的她從大學畢業沒幾年，換了幾個工作，月薪始終無法突破四萬。不是沒想過增進一些專業技能，努力提升自己的實力，但從小她便對人生缺乏方向感，考大學時幾乎每一科都拿均標，沒有任何優秀突出的部分。她沒有特別的興趣，也沒有非達成不可的夢想，再說，光是日復一日地困在辦公室單調桌椅隔間與日光燈光下，重複著無趣的日常庶務以及同事間小題大作的八卦，用大把大把的時間換取微薄的薪水與稀薄的意義感，便使她身心俱疲，更加提不起勁做出力爭上游的努力。

每每回神，半年數月又飛逝而過，時間快得她心慌，銀行的存款數字更是少得可怕。所有的投入與付出彷彿灑出後直接在半空蒸發的水，無形無色，當下還未體驗便已過去，時間不屬於自己，身體不屬於自己，甚至連自身的存在都不屬於自己。

那是一段在壓力鍋中悶燒的日子。那幾年，父親因故被公司資遣，投資朋友生意又慘遭失敗，欠了一大筆錢，最後賣了上一輩留下來的唯一一間房子，孤注一擲開了家炸甜甜圈店。母親一直是家庭主婦，父親則是在紡織廠做了一輩子，兩人都沒有任何烘焙或創業經驗，之所以選擇賣炸甜甜圈，只不過是因為這是父親最喜歡的甜食。一向自負又自我中心的父親認為，這些年身為老饕的自己遍嚐各家甜甜圈，默默累積的田野調查經驗不少，多少可以自稱是個甜甜圈專家吧？再加上做個甜甜圈而已，能有什麼難的？

甜甜圈的生意，只有在剛開幕的前兩個禮拜，周遭居民因新鮮感光顧而稍微熱鬧過一陣，後來便一路下沉。邁入初老階段、身體開始衰敗的父母，穿著印了可愛甜甜圈插圖的圍裙，成天鎮守在狹小且充滿油煙味的店面，身上的衣服浮出一塊又一塊的白斑，是大量汗水蒸發後的結晶體。有時一整天賣不到十個炸甜甜圈，房租水電卻月月無情催繳。是炸甜甜圈本身好不好吃的問題？是網路行銷做得不夠？是整個大社會的景氣不好？還是因為你們這些人好吃懶做、辦事都不動腦？暴躁的父親事事究責，心情好時咒天怨地，心情差時就把槍口對準家人。

為了幫忙家業，週末沒班時她會到甜甜圈店櫃檯幫忙收銀，然而路上行人來來去去，駐足之人零零星星，每一次的無視而過、不鏽鋼托盤上每一塊逐漸冷掉的炸甜甜圈、當日結算業績時寫下的難堪數字，彷彿都是熱辣而無聲的羞辱。

無數個站在櫃檯後方看著人來人往的午後，讓她第一次深深感受到一種望眼欲穿的飢餓。那飢餓是立體實在的，不是哲學推演的虛幻黑洞，而是將一根前端繫了食物的棍子綁在一條餓狗身上，讓牠眼睛看得見，鼻子聞得到，好像救贖時時刻刻近在眼前，卻怎麼極力追趕都搆不著、因而逐漸加劇成癲狂與饞熱的飢餓。

正如後來母親被診斷出罹患腸癌，從陪伴母親就診，到開刀、住院，然後一次次的回診檢查，那一大段混亂卻飛速而過的大片時光中，她的生活無時無刻充滿無法饜足的飢餓感。她會在每一次離開醫院後，到附近連鎖飲料店買一杯很濃、很甜的全糖奶茶；在母親術後躺在病房的夜晚裡，走路到燈火明亮的清粥小菜餐廳，一個人點三道菜配一鍋粥；在父親終於頂不住甜甜圈店，認賠頂讓，靠著一點僅剩的遺產頹靡度日，動不動就在家發瘋咆哮摔物，怒罵母親偏偏在缺錢的時候得癌症實在很自私時，她就一個人坐捷運到遠一點的站，找一家貴一點的餐廳吃晚飯。

吃，是最唾手可得的心靈藥劑，可惜停留在味蕾上的時間稍縱即逝。

她常想起那日午後在咖啡館聽見的對話。自我分析起來，她自認條件不好不壞，倒是曾有些親戚朋友讚美過她長得不錯，問她有沒有想過去當空姐，或是去考電視主播。後來她也不是沒登上包養網站嘗試註冊過帳號，想著只要有錢，所有煩惱就都可以被解決了。但光是想像將自己的照片放到那樣的網頁上，先不說會不會遇上詐騙，或許某天被熟人看見了，截圖轉發存檔，成為一種揭露人格特質的永久性證據，便令她羞恥得雙頰發燙。再說，她嚴格來說也不算單身，大學就在一起的男人耀，自從被調去中國工作後，從此就聚少離多。前陣子對方提議不如進行開放式關係，她說她要想想，實際上她並沒有費心思考太多，很多事情想下去都是無解，於是她選擇偷懶一點，把最困難的工作交給時間，讓最不想面對的事情在她看不見的地方自行達成結論，她再決定要不要去面對那個結論。

大學時期和耀交往，兩人事事力求公平均分。第一次過情人節，她就主動告訴耀不需要送她禮物，她說這種節日只不過是商人營造的騙局，他們的愛不需要用物質來證明。有次去博物館參觀一場展覽，耀和她索取七塊錢的票價差額，她也一個銅板一個銅板數給了他。保險套和旅館開房費用，一樣是兩人平分。只有生日，她才願意收受他的請客與禮物。她從未在乎過情人節、中秋節或聖誕節等繁雜的中西節日，對她來說，那只不過是虛構故事與偏執信念的重複性述說；只有「出生」這件事的特殊性與驚愕感自小便強烈佔據著她，生日那天，父憂母難，她以啼哭迎接人世，然而終究無知無覺，漆上了人性的憂患喜樂，都是後來慢慢發芽、生長出來的。她仍然不確定這是不是一個值得慶祝之日，但不可否認這的的確確是一個非常特別的事件，接受祝賀，彷彿確認了自己的存在仍然是被喜歡、被看見、被認同的，即便生日總給她一種軟體動物般的脆弱心緒，沒有堅實不摧的保護盔甲，只有柔軟血肉攤露在飛沙走石裡的驚險。生日蛋糕的蠟燭搖曳著精神耗弱的火光，呼一吹熄，是又一次越過某個隱形分水嶺的無奈接受。

熟悉他們的朋友，不只一個人對她說過：「妳真的是太便宜他了。」

聽到這樣的句子，她心底會燃起一把無名火。那時，她剛接觸女性主義，讀到「壓迫」造出的各種句子，禁不住熱淚盈眶——原來長久以來她內心那些莫名所以的躁動與不滿，生活中無以名狀的磕磕碰碰，全都是因為社會上有人在壓迫身為女人的她！長久的迷惑突然間迎刃而解，她彷彿終於找到保護自己的武器，變得渾身帶勁。

世界清晰了，黑是黑，白是白，她自詡正義，積極梳理脈絡，一個問題一個答案，人性的複雜與矛盾、個人有限經驗必然造成的盲點，於她而言，全都不過是狡猾懶散與逃避選擇的藉口。她最討厭別人傷害她還編織藉口。那些年，她自認是個好的女性主義者，一個好的女友，一個好的女人。她是一個徹底落實AA制的女人。耀說過，他討厭出門吃飯不帶錢包的女人。

因此，在朋友生日會上認識的那個富有男人，後來約她到高級餐廳約會的那晚，她驚訝自己竟然那麼飢餓。

那時，她與耀已將近一個月沒有聯絡，期間她從共同好友那聽說耀有回過臺灣一次，停留了三天。耀為什麼回臺灣？見了誰？為什麼不告訴她？這些問題她不敢問，不問就沒有答案，沒有答案就不用面對。她化了妝，穿上為了和富有男人約會特地買來的新洋裝，而那男人則穿了一件黑色休閒T恤，坐下時，肥軟的啤酒肚從衣服下緣暴露出來，溢到大腿上方。「想吃什麼，盡量點。」他說。

她記得她點了填滿寶石綠魚子醬的小塔、魚肉雪白透光的涼拌沙拉、蝦肉飽滿的海鮮珍珠麵、橫切面粉嫩多汁的豬排，並在他的鼓勵下，點了三道不同的甜點，包括一個形狀奇怪的舒芙蕾、酸甜別緻的檸檬塔、精工雕琢的奶油小蛋糕。

享用完前面幾道菜後，她已經飽撐至極，後面三道甜點，每個她都只用湯匙挖了一兩口。服務生收走大量剩菜時，順口詢問餐點是否有問題？她微笑說，沒有，只是太飽了。

後來那就成了他們之間的相處模式，奢靡浪費、極盡享樂的共犯。偶爾她還是會為他的鋪張感到震驚，例如某晚他一口氣就在酒吧花了二十幾萬，請剛在酒吧認識的一群人喝酒；例如他心血來潮，隨手就把一臺沒在用的昂貴單眼相機送給一個街友；例如有一次他突然說想去哥斯大黎加，過沒幾天人就從當地度假村打來視訊電話；例如他一個月給她的錢，有時是她過去好幾個月全職薪水加總的數字。那種不可思議的感覺從未消失過。而她永遠想不透自己究竟為什麼被納入了他的世界。她長得不錯，但比她漂亮的女人到處都是，她知道他也有其他女人，卻想不透為什麼他還是一直把她留在身邊。後來她忍不住問了為什麼，他說，因為她是一個很有趣的女人，那種一半現代、一半傳統的女人。堅強得很現代，無助得很傳統。

又如何呢？誰管這男人怎麼想？她開始時不時為雙親奉上大筆從男人身上刮來

的油水，父母問起，她就說是男朋友給的，父母起初還鍥而不捨想弄清這「男朋友」的底細，見她態度敷衍，多半也猜到了一二。只是看著女兒過得還不錯，錢又一筆一筆穩定匯入，就覺得不需過分追究，睜一隻眼，閉一隻眼，年輕人知道自己在做什麼就好。一人得道，雞犬升天，她在家的地位默默上升，就連父親都開始對她退讓禮遇三分。

而性，一開始，她並不喜歡他的身體。他的皮膚因年齡與長年的保暖淫慾而肥軟鬆垮，尤其他那顆病態地巨大的啤酒肚，頂端像繃得極緊的鼓面般發光，還有啤酒肚上方那形如女體的乳房，乳頭周遭雜亂長著看起來有點可笑的稀疏捲毛。但看久了，漸漸也習慣了，甚至因熟悉而麻木。他肉體沉重，無法在上面運動太久，因此總是她坐在他身上。幾下之後，他就軟了，於是他開始用力摳弄她的乳頭，來來回回快速撥弄，時不時如鉗子般緊緊捏揉，每次她都感到一股強烈的噁心襲擊而來，彷彿靈魂出竅般驚恐監視與抗拒著性興奮，好像只要感受到一丁點舒爽，便證實了自己的下賤。陰道乾癟而緊縮，每一次的摩擦都讓她感到煩躁與疼痛，激烈衝突的心緒逐漸累積成一種瀕臨失控的憤怒，她忍住窒息的羞恥感，翻身抽離下方那團油膩肉團，開始進行他最愛的——手指插入他的體內，先是一根，然後三根，有時五根全入。她進進出出，那洞穴柔韌且彷彿自帶吸力，像池塘裡嘴巴一張一合飢渴著飼料的鯉魚般吸吮著她的手指。他的陰莖仍舊疲軟，但是他越來越激動，越來越亢奮，終於，大量白色液體從他的痿軟泊泊流出，沿著肚皮、股溝、大腿內外側四面八方橫流，最終在床單上豬油般凝固。

「妳最近變胖了，不行喔。」喘過氣來後，他懶懶地說。

幾滴雨滴，開始落下，打在落地窗外綠油油的葉片上，發出輕微的滴答聲響。突然一串劈天裂地的雷聲如抽鞭一般霹靂引爆，幾秒後，熱帶大雨終於震耳欲聾地滂沱而下。

雨勢劇烈，坐在落地窗邊的她，彷彿近身觀賞一道飛瀑，她感到清新的水氣貼上皮膚，一陣寒意襲來，腹裡的絞痛又來了，一陣強過一陣，彷彿有人拿一把扁鑽刺進她的肚子，又鑽又扭。痛感蔓延開來，這次疼痛與前幾次不同，幾秒內便超過忍耐的臨界值，在她還來不及收縮控制前，肛門已然鬆弛大開，一股土石洪流嘩啦啦從體內深處高速衝出，重重地一層一層沉積在內褲裡。她全身凍結，極力克制著驚恐，使盡全力若無其事。她以為會聞到惡臭飄出，沒想到一點味道都沒有。逼著自己冷靜下來後，她一語不發地站起身，往廁所走去。此時思考洋裝是否髒掉、其他人是否發現異樣，已經沒有意義，她只想要盡快把自己關進某個密閉房間，一個人躲起來。

她在廁間褪下內褲，果然是一片怵目驚心的棕色，奇蹟的是，污物並未透過布料染到緞面洋裝，且排泄物並不臭，不像她原以為的食物中毒，並且還具有某種油滑的質地。突然她想起來了，馬上滑開手機，搜尋前陣子為了減肥而託某個友人在泰國買的、據說效果特強、昨晚第一次服用的減肥藥。果不其然，藥物的其中一個副作用，便是水狀排泄。

她雙腿發軟地坐在馬桶上，感覺體內被掏空，如釋重負深深呼出一口氣。看著門板上自己的倒影，緞面洋裝在腳邊皺成一團，上半身光溜溜的肉色，脖子上的寶石項鍊在微弱燈光中閃閃發光，膝蓋間的內褲沉甸甸朝著地板垂下。

不過是一條管子。

各樣物事進進出出，通過她的中空，黏膩滯重、冰寒火熱、尖銳粗糙，質地不一，或爽快或迂迴或堵塞，日積月累地折舊與磨損，一點一滴地漸進質變，慢慢將她蛻變成另一個版本的自己，一次比一次陌生。而令她困惑的是這一切似乎與正義、對錯或悲歡，都找不到直線配對的關係。作為一條管子，這些紛擾辯證太過自找苦吃，她慢慢覺得好好活著不過是維持進進出出的通暢無阻，於此無關的，她都決定置身事外。

她將髒掉的內褲用好幾層衛生紙包起來，手勢俐落地丟到垃圾桶裡。

走出廁所時，她整頭整臉煥然一新，甚至感到一種久違的雀躍與欣喜。

屏幕般的轟然大雨還在下。滿滿一桌的食物還在等著她。

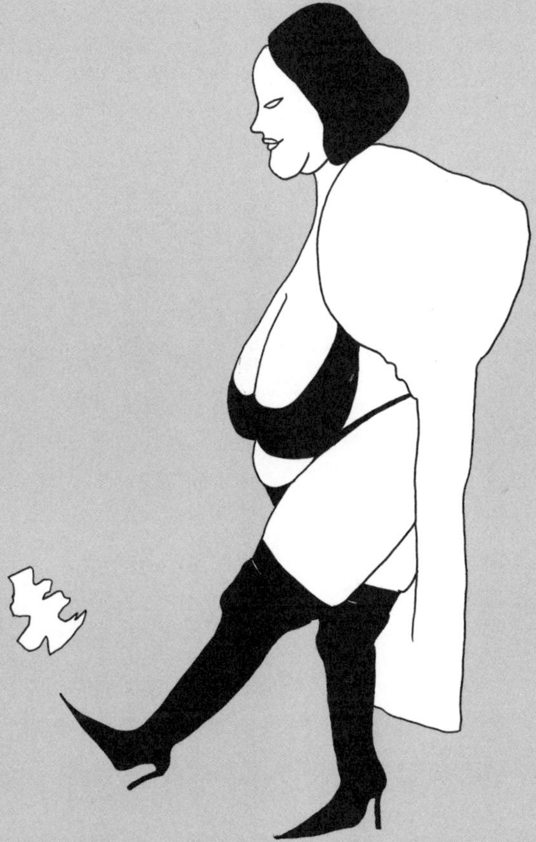

等待夜風
捎來答案

她站在一棟公寓騎樓下。九月，下了幾場大雨，天氣還是熱，人只要靜止，濕熱馬上像羊毛一樣包裹上來，悶悶地泌出汗。

她很緊張，在街上來回踱步，試著聚集勇氣。這是她第一次受邀參加這樣的派對，思緒亂成一團，沒有前車借鑒，無法按圖索驥，像憑空現身一場遙遠的異國宴會，音樂陌生、臉孔陌生、語言陌生、儀式陌生，辨不清該如何期待、如何應對。她想起小學時，學校安排了一場西餐禮儀課，無論是父母一個是教授一個是醫生的資優生班長，還是家裡開蚵仔麵線店、成績永遠倒數的問題學生，都得到場參加。老舊的木頭課桌椅拼成一排長桌，鋪上乾淨白布，每個座位上都整齊擺著一副在日光燈管下閃閃發亮的西洋刀叉。裝模作樣，學習一種新的舉手投足，一種文明的行禮如儀。坐在斜對面的蚵仔麵線同學，趁老師不注意的時候，朝她丟了一小截麵條。

濕熱夏夜，晚上八點，小巷裡有剛通勤回家的上班族、巷口蛇行進來的美食外送員、牽著狗出來散步的年輕夫妻，還有幾個騎腳踏車、叫鬧追趕的小孩。漸漸散去的殘羹剩飯味、冷氣室外機轟隆隆的運作聲，還有電視螢幕的嗡嗡嗚響，層層疊出一幅尋常市民的生活景象。

她沒想到，這樣的派對，竟會發生在如此平凡無奇的社區老公寓，而不是她原本想像的，摩鐵、飯店或是某個奇怪的房子裡。

終於，她提著裝了冷飲的便利超商塑膠袋，沿著階梯一格一格走上去，抵達位於六樓的頂樓加蓋天臺。一扇猩紅色鐵門映入眼簾，門口散放著許多五顏六色的鞋子，眼睛掃過去，至少二十雙以上。門後隱隱湧動著人聲。

又緊張起來。她在門口徘徊，打電話給邀請她來的朋友芬。沒接。她走到天臺角落，點了一根菸，慢慢吞雲吐霧，冷飲塑膠袋在腳邊皺成一團。中間還有人陸續抵達，她像隻蟑螂般躲在陰暗角落，沒人看見她。那扇紅色大門開開關關，音樂人聲與冷氣的涼風隨著門打開而流瀉，又被關上的門硬生生夾斷。她又點了第二根菸。快抽完的時候，她聽見那扇門開了，一轉頭，芬張開雙臂迎向她。「妳來了！」芬臉上敞開大大的笑容。

裡面果然擠滿了人。兩房一廳一衛的小公寓，到處佈置著花花草草奇珍異卉，奇形怪狀的雕塑品與色彩鮮豔的畫作擠滿空間，燈光是迷幻的藍色與粉紅色，整個地方像個雜亂的藝廊儲藏室，又像是某個電玩遊戲的場景。角落一個巨大水族箱底部透著藍光，細微水流看起來彷若果凍般嫩滑，一隻牙尖嘴利的凶猛擬鱷龜在水中划動，古老鈣化般的小眼銳利瞅著房內眾人，若把手指放入水缸，牠一定會毫不猶豫衝上前去狠狠咬斷。客廳中央有根頂天立地的粗鋼管，一個穿著螢光黃洞洞裝的高瘦女人正在鋼管上摩擦身體，隨著音響播出的低沉電音節拍扭腰擺臀，旁邊L型沙發聚坐了幾對男女，歪歪斜斜摟摟抱抱，觀賞著眼前的挑逗舞蹈。

與銘分手後，她便一蹶不振。胸口彷彿無時無刻被重物壓迫，血液與腦部慢性缺氧，精神萎靡，雙眼乾澀，胃口也變得極差，想到食物，嘴裡就積滿灰塵，胃袋凝固成水泥。她甚至已不再回憶他們之間的種種。至少在她清醒的時候，她關注的都是生活最表層、最細末之事，只維持最基本的運行齒輪，例如月經來時至少每六小時去換一次衛生棉，一次囤積大量免洗內褲以備無心洗衣的時日。她趴在盛裝著紛雜生活的水缸邊緣，看著缸底扭曲模糊的彩色事物，聲音彷彿從很遠很遠的地方傳來，而她拿著一支小濾網百無聊賴地撈水面的浮沫，一匙一匙撈著，漫無目的撈著；日子只是這樣，所有精力全用在最低限度的修剪毛躁，沒有完全的傾覆打翻，好像堅持住了一點什麼，守住了一點什麼，她知道有一條線，只要越過去，要再回來就難了。

本來她朋友就少，自水缸濕淋淋上岸後，社交生活幾乎歸零。她連社交軟體都不想下載。餐廳、咖啡廳或百貨公司等人多的地方也完全不想去。想到人群她就想吐。人類讓她想吐。她忍不住一再思索銘怎麼能夠一邊與她親密纏綿，一邊又在她背後和其他人苟合，甚至一連持續數年。同一條肉在不同管裡進進出出，交換著津液、菌叢、氣味，發酸的鹽巴與汗水，通通攪和在一塊，全都在她不知情的時候。髒。噁心。想吐。她可是無法穿著外出服就坐在家裡床上的那種人。她可是在捷運座位上接觸到別人屁股留下的餘溫都會馬上站起來換位子的那種人。想到那髒東西曾經深入她的體腔，和她毫無防護的所有黏膜、所有孔隙、所有微血管摩擦沾黏，她就湧上一股強烈的噁心感。

兩個月後，芬終於親自上門，把她拖出糜爛穴居。

她和芬十幾年的交情，芬說起話來也不拐彎抹角：「沒了一個男人又怎樣，外面還有一大堆！」芬性格外放，說起話一派理直氣壯，有時甚至有些口無遮攔。她一直覺得，比起自己，芬是一個很「現代」的人——對性態度開放，能說善道，聰明伶俐。芬從十四歲交第一個男朋友開始，至今沒有單身過，她交手的對象多不勝數，經驗豐富且多元，什麼人遇上什麼感情問題，第一個都找芬諮詢。

「其實妳還算幸運，至少不是婚後才發現。」芬說，青春太珍貴，丁點不能浪費。講起這些，芬頭頭是道，但是她也好奇，遊戲人間這麼多年，難道芬從來沒有遇過一個想要認真的對象？芬總是露出頑皮的微笑，說還沒有玩夠呢！只有一次，在酒吧昏暗的燈光下，一直以來都自信滿滿的芬，突然莫名感傷起來。芬半醉半醒靠著她，說，到頭來，還是只有姐妹可靠，男人都是渣。她心底其實從沒喜歡過芬交往過的任何對象，那些男人，總散發出一種精明算計、自以為是、矯揉造作的氣質。金玉其外，敗絮其中，爛事一堆，總是扯芬的後腿；她不懂芬為什麼怎麼挑都挑到差不多的人，說了也沒用。酒醉那晚，芬在她家沙發上過夜，白天醒來，外頭是大晴天，兩人嚴重宿醉，穿著寬鬆睡衣坐在廚房餐桌旁，猛灌白開水，全身水腫痠痛，一句話都懶得說，偶一抬頭對到眼，卻相視一笑。

她不知道芬從什麼時候開始熱衷於群交派對。和銘分手後，她生無可戀，和公司請了長假，足不出戶，天天吃垃圾食物。眼看再下去真的就要直接腐爛，於是芬邀請她一起去參加派對，換換心情，開開眼界。「等妳真的見過世面，就會知道銘根本沒什麼好留戀的。」芬說。

芬把她加入私密聊天群組。訊息非常活躍，每天都有數十則通知，話題葷素不忌，有人分享形形色色的性幻想，有人安排下次聚會的時間地點，有人宣導性病知識，有人推薦健檢診所。此外，身體界線的規則也一再被重申，避免搞不清楚狀況的人，在趁人不備的灰色地帶苟且行事。積極同意才是同意。開始後任何時候都可以喊停。被拒絕了就不要再問第二次。不鼓勵私下聯絡派對上認識的人。可以只觀看而不參與。包容多元性別性向。互相尊重，保持禮貌。性是歡愉，是探索，是開放式溝通。性不該是利用，不該有權力失衡，更不能有剝削。

連續幾天，她津津有味讀著這些訊息，彷彿上了一堂又一堂學校沒教的性別衛教課。漸漸地，她對這群人產生好奇，再加上芬不斷慫恿鼓勵，最後她終於同意和芬一起去。

此時的她站在角落，怯怯觀察著現場。人們神態自若裸著身子走來走去，高矮胖瘦，散發各種氣味，這是她第一次親眼見到這麼大量的裸體。

一個一絲不掛、汗濕頭髮一條一條貼在頭皮上、挺著一顆毛茸大肚的男人走過來，微笑著給她一瓶冰啤酒。「要喝嗎？」男人的肚子圓圓的，臉圓圓的，眼睛圓圓的，氣質很善良，像一隻肉乎乎的熊。她道謝著接過啤酒。「第一次來？」男人問。「嗯。」她暗自緊張，擔心要是表現得太友善，男人可能會會錯意。男人看出了她的緊繃。「嘿，不用緊張，我沒有要幹嘛。」男人舉起啤酒和她乾杯，「妳想加入可以，不想加入在旁邊看也可以，放輕鬆！」說完，男人對她眨了下眼，識趣地轉身離開。

男人的話讓她稍稍放鬆下來。環顧四周，客廳那個原本在跳鋼管舞的女人，正坐在一個男人身上劇烈跳動，旁邊幾個男女也軟綿綿如肉色膏狀物般水乳交融。公寓裡的兩個房間，左邊那間不斷傳出喘息與呻吟聲，右邊那間則安靜許多。她往安靜的那間走去。裡面坐了五、六個彷彿在避難的人，表情略為尷尬，卻故作鎮定聊著天，都在努力忽視隔壁某個女人戲劇化的高亢叫喊。房裡幾個人聊開後，發現躲在這裡的人，大多都是第一次參加這樣的活動，有的是被伴侶說服而來，有的是來看熱鬧、開眼界但不打算加入的情侶，現場還有一個單純陪男性友人前來的女人，滿臉驚恐，非常後悔，沒多久就不聲不響拎著包包離開了。

小房間裡同甘共苦的人，聊著聊著，都慢慢定下心來，開始覺得這一切荒唐歸荒唐，卻也有它正面且饒富趣味之處。一對剛從隔壁激戰完的男子氣喘吁吁跌撞進來，在房間中央懶懶躺下，像貓一樣攤開散發著鹹味的身體，神態自若地和周圍其他人聊起天來。聊著聊著，其中一個瘦小精壯的平頭男，突然決定要教在場所有人如何正確口交。他的男伴閉上眼睛，雙手放在後腦勺，成為平頭男的教學道具。平頭男邊講解邊示範，眾人津津有味聽著，空間瀰漫著情色的胡鬧氛圍。「啊！」道具男舒爽叫了一聲，圍觀眾人紛紛鼓掌。

她笑了起來，覺得這一切好像也沒她想像得那麼可怕。

很多年以前，當她還和銘在一起時，銘送過她一個生日禮物，是美國作家查爾斯．布考斯基（Charles Bukowski）的書《*Women*》。女人。複數。布考斯基是銘的文學偶像。書中主角是一個小有名氣的男作家，長得醜，個性差，還酗酒，卻有一股莫名的性魅力，走到哪都有女人主動貼上來。他在繽紛花叢自在來去，恣意折枝踐踏，而那些女人們也為著各自的需求利用他、榨乾他，不斷重複著過度縱慾、互相輕視、情感虐待的無間輪迴。高矮胖瘦、豐腴乾癟的肉身，不斷盛開又不斷凋謝的風流韻事，一開始總那麼誘人，但新鮮感與性興奮終會消散，隨後曝露出來的，是不忍猝睹的惡毒、頹靡與自私。為了銘，她看完了那本書，隱約有一種噁心的餘味，不過裡頭有一句話她記下了：「沒有道德的人，往往覺得自己比別人自由，但事實上，他們只是缺乏感受與愛的能力。」

或許銘和她，一直是劃錯重點的兩個人，就像看完書後，她記住的，是書中角色縱慾與酗酒背後的痛苦與茫然，而銘記住的，只有縱慾與酗酒。

那麼為什麼受苦的人是她呢？會不會，她不過是被故作高深的文字給矇騙了，或許一切真的就像銘認為得那麼簡單。就像芬說的，她的問題在於過度道貌岸然與幼稚純情，如果她不覺得銘有價值，那麼銘就沒有價值；如果她不認定一件事是苦痛，她就不會感到苦痛了，是嗎？

銘來過這樣的場合嗎？他會不會也認識這裡的誰？銘以前總和她吵著要開放式關係，她堅持拒絕，後來銘出軌被她發現，兩人攤牌，銘卻說都是她的錯，如果她答應開放，他就不用這樣偷偷摸摸了。「人類的天性，不是一夫一妻。」對此，銘深信不疑，不斷重申。

此時此刻，大量的感官刺激覆蓋了她的思考。隔壁此起彼落的淫聲浪叫一直沒有停歇，有人從那房間走出來，有人走進那房間。有人滿身大汗靠在門框，看戲般一邊吃著披薩，一邊觀賞房內戰況。有人趴在地板上，任人用鞭子抽打，用羽毛搔癢。避難屋中原本聲稱只是來看熱鬧而不參與的一對情侶，受到現場氣氛感染，也開始在角落無聲無息交纏起來。她發現自己不知何時也把長褲脫了，獲得一種難以言喻、甚至近乎報復般的舒爽解放感。和這裡的人認識後，她發現這些人都好友善，不逼不迫，尊重有禮，被拒絕了也不死纏爛打，很有風度，比起外面世界的人好太多了。比銘好多了。既然這樣，好像也沒什麼好怕的了。

她起身，走到隔壁房門口，正想著芬去哪了，就看到芬躺在床上，雙腿大張，那個毛茸肚男正揮汗如雨、滿臉脹紅地在芬身上奮力抽插。

芬躺著的那張大床上，橫橫豎豎躺了五對男女，地板上還有三個人像扭結麵包般緊密交纏。天花板上貼滿了鏡子，她透過鏡像看著底下的人體，彷彿從雲端凝視顛倒世界，底下的肉身在紅色的曖昧燈光中交媾蠕動，像破土而出的一隻隻新生蠕蟲，盲目而瘋狂地張牙舞爪，絕望地需索著任何碰觸得到的連結。他們徹底淪陷情慾，在快感中完全投降；他們動得過分起勁，叫得過分誇張；他們知道自己正在被觀看，因為被看而興奮戰慄，彷彿化身受人崇拜的神祇，所有眼睛在我身上，自我意識被捧到天高。我被愛，被慾望，我很好。冷氣開到最強，房間依然潮濕滯重，鹹鹹的、腥腥的，混合著各種津液、潤滑膏脂和費洛蒙，濃烈的動物氣味，刺鼻得讓她下意識閉氣。她就那樣看著，像看一顆星球在宇宙中無聲爆炸，岩漿般炙烈的刺眼橘紅核融核解，恐怖瑰麗的電子風暴，幻化成奇異扭曲的畫面，轉瞬即逝，又捲土重來，彷彿神話在肉體的生慾中不斷崩解又重組，崩解又重組。她看傻了，入迷了。

芬一轉頭，恰巧和她對上視線，芬坦然一笑，全無害臊。在這之前，她完全無法想像親眼目睹這個狀態下的芬會是什麼感覺，但此時此地，當身邊所有人都做著同一件事，奉行著同一套道德言行準則，原本奇怪的好像就不奇怪了。性是這麼自然，雜交是這麼自然，甚至近乎神聖美麗。或許人類這麼做本來就符合自然。或許銘真的也只是在順從天性。

她想，或許我才是那個奇怪的人。

房內的鹹腥味隱含著絲絲尿氣，她再也受不了，撤退到另一個房間去，沒想到那裡也被交配的肉體全面佔領了。她進退兩難，最後決定撤到外頭天臺去抽菸。

夜晚涼風嚐起來甜甜的，深吸入肺的香菸為她帶來鎮靜的滿足感。

她看著猩紅色大門外，凌亂散放的數十雙鞋子，回想今夜種種，她說不出自己是享受著還是厭惡著。一切都太多了。太滿了。但她卻走不了，離不開。不想離開。說不上為什麼。或許是因為心理衝擊太大，將她從長久的昏沉中震醒，逼著她用全新的視角去理解她和銘的關係。那段始於大學文學院時光，長達十四年、一度論及婚嫁的關係。明明有那麼多跡象，她卻一再選擇視而不見。就像過去她的身體一直很健康，但自從與他交往後，私密處就頻繁發炎，念珠菌稍歇，細菌性陰道炎又起，也長過病毒疣，一顆一顆粉紅色的肉芽，畸形且噁心。電燒那天，銘說父親生病了，他要回老家探望，於是她一個人去醫院，一個人進診間電燒，一個人虛弱地坐捷運回家。後來她才知道那天下午，銘是去見另一個人。銘總說是她生活作息不正常，免疫力差才會一直生病。至於病毒，銘說一定是她前男友傳染的，病毒潛伏幾年才爆發，銘說自己才是受害者。雖然她記得先發病的人是銘。她忍耐著下體潮濕惡臭與火燒疼痛的滴滴答答，接受了銘斬釘截鐵的絕對性論述。不為什麼，她就是覺得自己找不到也配不上比銘更好的人。害怕認真計較下去，什麼都會崩壞失去。她明知故犯。一切都是她咎由自取。

芬說，只要她能轉念，就不會再痛苦。

她發現自己正思考著，該加入嗎？她把手伸進內褲裡，摸了摸自己。乾的。方才被活春宮包圍的兩個小時裡，她完全沒有產生任何性興奮。她滑開手機，搜尋布考斯基，在菸燒完以前，找到了從剛才便盤繞心頭的那段話：

「初遇時是陌生人，分開時仍是陌生人——就像滿室的大量肉體無名無姓相互自慰。沒有道德的人，往往覺得自己比別人自由，但事實上他們只是缺乏感受與愛的能力。所以他們成了換妻俱樂部的成員。死人與死人性交。這場遊戲沒有任何冒險或幽默——只是屍體與屍體的交媾。道德是束縛，但它建立在人類累積數世紀的經驗之上。有些道德把人們困在工廠、教堂和國家的奴役之下；有些道德卻單純合乎常理。就像一座毒果與良果共生的花園，你得知道哪些能摘來吃，哪些該避而遠之。」[1]

1

"Strangers when you meet, strangers when you part- a gymnasium of bodies namelessly masturbating each other. People with no morals often considered themselves more free, but mostly they lacked the ability to feel or to love.
So they became swingers. The dead fucking the dead. There was no gamble or humor in their game- it was corpse fucking corpse. Morals were restrictive, but they were grounded on human experience down through the centuries. Some morals tended to keep people slaves in factories, in churches and true to the State. Other morals simply made good sense. It was like a garden filled with poisoned fruit and good fruit. You had to know which to pick and eat, which to leave alone." ——《Women》, Charles Bukowski.

毒樹毒果，良樹良果。她想，一切始於自己，一切終於自己。沒有好或壞的形式，只有好或壞的心境與意圖。

芬穿著一件寬大T恤走出來，和她要了一根菸。

「還好嗎？」她問。

芬沉默，重重地呼出一口菸，「不知道耶，我覺得今天滿沒自信的，一直都沒有人來主動邀我，都是我自己去問人。」

「但他們還是跟妳做了啊？」

「妳不懂啦，感覺不一樣。」

她不知道該怎麼安慰芬，只是靜靜感受著夜風吹拂著她的臉，頭髮輕輕翻飛，風裡傳來一句一句空心而透明的耳語。

「妳呢？等下想加入嗎？剛剛有幾個人問起妳。」

她腦海浮現毛茸肚男在芬身上全身脹紅、彷彿一條炙紅鍛鐵的怪異模樣。她想起某次陰道發炎流膿紅腫，他卻不顧一切強硬挺進的撕裂之痛。哪一個比較醜陋，她比較不出來。她發現自己跟著芬回到了屋裡，性交仍在每個角落發生，只不過原有伴侶換了一輪。她試探自己的反應，脫掉了上衣，穿著內衣褲站在角落，有人注意到了，慢慢朝她走過來。燈光、氣味、人聲、冷氣，感官無比銳利清晰，某處新芽冒出，蓄勢待發。突然一道劇痛劃過她的手臂，一抹灰影飛掠而過。有人驚呼。低頭看，她的手臂出現了一條細細血痕，鮮血淺淺滲出。那毛茸灰影在沙發扶手上立定，仔細一看，是一隻灰色的大貓。穿螢光黃洞洞裝的女子衝了過來，連聲道歉，把貓抱入懷中；她以為她把貓關起來了，不知是誰又把牠放出來，受到驚嚇，從衣櫃上飛跳下來。

有人拿衛生紙替她擦血，牽著她到沙發上坐著。那人手指輕柔，滿眼關懷。血很快止住，愛撫卻持續著，從手臂，來到耳後，再來到大腿。她的鼻裡還有輕量血腥的味道，彷彿進行了一場歃血為盟的入會儀式。她還是不知道自己究竟是享受著，還是厭惡著。她又想起了銘。銘讓她愛死了的眼睛、聲音、喉結的形狀、指節的嶙峋凹凸，以及腋窩微酸而溫暖的氣味。曾是她的，又從來不是她的。與痛苦作對，便會不斷受苦。是誰說的，若不成為海，便會日日暈船。成為海。成為他。合為一體便不受分裂之痛。

那人拉扯著她的內衣肩帶，她抬起手按住那隻渴求的手，緊緊捏著，一動不動。彷彿朝空中拋擲一枚決定性的銅板，就像等待夜風捎來一個答案。

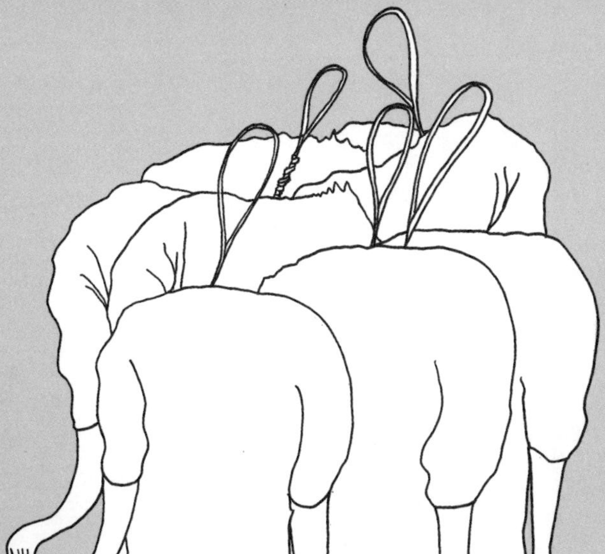

囤愛

黑暗之中，他見那背白花花的，從上衣背面的U型大洞坦露出來，霓虹燈在嶙峋的脊椎上一閃一閃，像海平面上隱現的鯊魚鰭，緩慢盤旋，迴繞，靜止等待，被動地主動，願者上鉤。

他看著霓虹燈光照射下，變幻著紅、藍、綠的那一大片平原般的背。他想在上面放開腳步自由奔跑。他熟悉背的語言，坦蕩蕩的空白凝視，其銳利度不亞於直勾勾的眼神，表面靜止卻暗潮洶湧的信息交換，在垂釣，在試探。釣出水後，在手裡鬆鬆緊緊拿捏質感，不愛的，就送回茫茫人海，愛的，就攥在手心細細把玩。

這樣的遊戲他太熟悉。他像條滑溜老練的魚，穿過夜店擁擠嘈雜的人群，朝著黑暗中散發著幽魂珍珠光的那片背游過去。聽見有人說話，女人轉過頭來，表情驚訝中雜著一點不悅，彷彿重要的事被打擾了，即便她從剛才就低著頭漫無目的滑著手機。她的眉毛畫得粗濃，粉底塗得很厚，紅色唇膏張牙舞爪，幾乎完全覆蓋掉原始的臉孔。他閱人無數，一眼看穿這張濃厚面具底下刻意隱藏的，是一張雜揉著窘迫不安卻事事要強的臉。

他一直都偏好要強的女人。好強是一種應激反應。這種人即便受過傷，也想盡辦法不讓自尊滅頂。比起軟爛的自暴自棄，他更尊重這種堅忍不拔，就算那些強勢，有時僅是一種表演、一種防禦，或是一種自我欺騙。

一點言語刺激，一點漫不經心，一點大膽試探。女人感受到他的挑戰性，好奇與不服輸心態被勾起，話語間也開始拋出精算過的挑釁，暗潮洶湧地角力較勁。然而於他而言，那些略微尖酸的態度更像調情的花拳繡腿，不耐的背後是嬌嗔，惱怒掩藏的是慾望。很多女人都說過他不要臉、無恥、自我中心，但他覺得奇怪，這種態度若真如此令人反感，為何他每每出手幾乎從不失敗，甚至不乏一個又一個主動和他示好的女人？他坦蕩進逼，要什麼說什麼，從不隱藏意圖，更不似其他愚蠢男人那般情緒化與社交障礙。很多女人，即便嘴上罵他，事實卻證明她們喜歡這樣近乎霸道的強勢與直接。

今夜就和別的無數夜晚一樣。

完事後，女人半側著身，在床頭櫃上捲菸，同時喋喋不休抱怨著工作。他盯著她側向一邊的背，沒了U型布料的襯托，藍中帶青的慘白皮膚看起來單薄且疲憊。終於她捲好了菸，一整根歪七扭八、頭重腳輕，絲絲菸草從頂端露出來，點了幾次火沒點好，菸灰輕輕落在棉被上。他和她光著身子肩並肩躺著，沒說什麼，在床頭燈的微弱光暈中輪流抽著那根畸形的菸，煙霧漸漸瀰漫窄仄的房間。隔壁棟那對夫妻此時又如往常開始大聲叫床，聽起來像兩隻汗水淋漓、哼哼唧唧、纏鬥不休的野獸。斜對面那一戶獨居老人也一如既往準時播起佛經，魔音嚶嚶嗡嗡穿牆而來，模糊了佛與魔的界線。浸泡在這些聲響之中，他昏昏沉沉，半被撩慾半被超度地，沉入睡眠。

幾天後，女人傳來訊息，問他要不要再見面。他看到訊息欄上方的名字，才記起她叫做涵。有種人，即便動作言語普通平常，卻總讓人感到隱隱約約的煩躁，涵對他而言就是這樣。但有人陪，總比自己一個人待著好，只不過接下來幾天，他的行事曆已經排得水洩不通，週六一場約會，週日又是另一場約會，中間還有幾場社交活動，夾縫中還得找時間上健身房。

要忙的事情太多。他思考著該如何把涵納入密密麻麻的行事曆上，計算之餘，一股深沉累意從體內深處湧起。這幾年他總覺得好累，無論睡多久都像沒有睡飽。社交生活豐富的他，朋友熟人多不勝數，去臺北任何一場聚會、任何一間酒吧，百分百會碰到認識的人。這些人從不交心，彼此都心照不宣，所謂交情，就是時不時露個面、炒熱彼此的場子、拍幾張上傳網路的合照，聊解生活的寂寞與苦悶。

前幾天社群上跳出許多年前的一張照片，那時他還很年輕，人群中的他看起來容光煥發。然而現下看著浴室鏡子裡的自己，眼袋浮腫，眼白邊緣泛黃且爬滿血絲，皮膚乾燥脫皮，整張臉彷彿有雙隱形的手拖著往下拉。還有他的髮際線，他二十幾歲就開始焦慮的髮際線（他媽說他爸二十七歲時開始禿頭），好像真的又高了一點點。

反正人終歸一死，他訕訕地想。他從架上拿出一小條治黴軟膏，仔細塗抹在發癢的包皮前端，已經癢了二十幾年，看了好幾個醫生，卻怎樣都無法根治。然後他扭開水龍頭，洗手後用冷水洗臉，突如其來的冰冷像愉悅的雷擊，手臂起了雞皮疙瘩。他想起媽媽躺在棺材裡的那張臉。五官什麼都還是媽媽沒錯，但整個人彷彿縮小了一圈，臉上的孔洞陷得好深，像一口一口幽邃深井，什麼話語念頭丟進去，都是沒有回音的絕對寂靜。他想起小時候父母還住一起時，媽在家動不動嘶吼咆哮、亂砸東西、抓著他衣領把他關入漆黑儲藏室時氣焰囂張的模樣，如此反差，讓他忍不住哼一聲笑出來。

洗完臉後，他獲得一種回春般的清爽感。他坐到沙發上，傳了封訊息給涵，確認了下一次的約會時間。

此時是週五夜晚，即將到來的週末，行程滿得密不透風。他覺得累，卻也安心踏實，生活一向如此，只要稍有停歇空白，便覺得落下了什麼重要的事，平白浪費了寶貴的時間，令他渾身不自在。尤其他特別期待週六晚上和June的約會。June過去曾多次公開表達對他的不屑，甚至曾向旁人大剌剌形容他是隻公狗。他不意外，因為在他們重疊的交際圈裡，幾乎每一個女人他都睡過，還沒睡的，很大機率也遲早會搞在一起。再加上他為了戀愛自由而堅持單身，身邊永遠兩到三個支線在同步進行，一個階段結束了，下一批對象又無縫接軌。雖然中間也曾發生過一些衝突與爭議，誰對不起誰，誰又辜負了誰，然而追根究柢，成人的愛情都是你知我知，心甘情願，弱肉強食，人人有責。只不過看在正義感強烈的June眼裡，他就是萬惡的淫亂之源，假借自由開放之名，行不負責任騙砲之實。

他知道June是個愛恨分明之人，光看她身邊朋友對她小心翼翼的態度就知道，因此他總是保持一段安全距離，以免進一步被June的荊棘刺傷。但那次在共同友人的聚會上，幾杯酒後的微醺時刻，他忍不住惹事，半認真、半玩笑地和June調情，讓他驚訝的是，June竟然回應了他的試探。

June約他去臺北東區一家蔬食餐廳吃晚飯。點菜後，June說她之所以約在這裡，是因為她覺得吃肉是一件很冷血的事。他點點頭不作聲。

「你平常吃很多肉嗎？」June追問。

「偶爾吧，菜跟肉都吃，可能菜還吃得比較多。」他說。

「你知道很多動物和我們一樣，也會感覺到痛嗎？」昏暗燈光下，June的眼神閃著一種狩獵般的奇異晶光。

「知道。」

「那你不在乎？」

「不是不在乎，只是我沒有特別想過這個問題。」

「你是說，你讓別的生物感覺到痛，你也覺得沒差？」他感到話語裡的挑釁，聳聳肩，不再講下去。

「我的天，你這個人真的是滿爛的。」June冷笑著做出結論，往椅背一靠，晃了晃手中的紅酒杯，湊到嘴邊喝了幾口。

June的「問題」，雖然以問號結尾，卻是偽裝成問句的指控句。他覺得有一種親切感。June喜歡這樣說話。他媽也很愛這樣說話。「你不覺得你很討人厭嗎？」（你很討人厭。）「不覺得你爸是廢物嗎？」（你爸是廢物。）「這種日子不如死一死算了。」（你們都讓我想死。）

小時候，他討厭他媽這種拐著彎的說話方式，長大後，他漸漸接受長年累積的習慣，是很難改變的。媽媽的頑固像一顆巨大的岩石，硬生生擋在路中央，怎麼敲打、推動都移不開，他只好學會從旁邊的縫隙繞道而行，在陰陽怪氣的裝腔作勢中洞察真實語意。媽媽雖蠻不講理又難相處，但只要想到父母離異後，生父多年冷漠缺席，全副心力都奉獻給再婚家庭，是媽媽一個人身兼多職，拚死拚活、百經磋磨把他養大，他就覺得自己應該盡量包容她、理解她、體諒她。她也不簡單。

只不過要包容到什麼程度、同理到什麼地步，他一直沒有清晰明確的答案。很多事情，都是發生了之後，他才後知後覺地意識到嚴重性。媽媽四十九歲那年，一場強颱來襲，颳了兩天狂風暴雨，過後，媽媽從外頭搬回大量的雜物，報章雜誌、回收瓶罐、紙箱塑膠袋，說是颱風吹到附近的垃圾，她要整理環境，順便做資源回收。一切都很合理，沒想到不知怎地，那些花花綠綠、大小不一的廢棄物，從此在他家只進不出。家裡很快便被疊到天花板高的雜物全面淹沒，原本光滑的磁磚地板消失，垃圾峽谷中只剩一條狹窄、僅供一人側身行走的縫隙。他原以為媽媽是想做資源回收賺取家用，後來才漸漸察覺那些垃圾更像是媽媽在路上撿回來的流浪朋友。媽媽邀請它們席地而坐，當自己家，愛睡哪睡哪，待多久是多久，展現大愛精神，白天躡手躡腳不打擾它們休息，夜晚則在日光燈管下，嘈嘈切切著生活牢騷與泛黃老舊的故事。

接著，媽媽在擁擠的客廳清出一張桌子，上面擺了一個金色香爐和幾個來路不明的木偶，開始燒香膜拜。他說這樣太危險，很容易火災，媽媽卻說別擔心，有神明在保佑。後來為了工作上下班方便，他在內湖租了一個小雅房，平日一個人住，假日才回老家。因此當他察覺到事態開始一發不可收拾時，已經太晚了。媽媽不知道什麼時候，加入一個來路不明的宗教團體，每逢週日都和所謂的師兄師姐到雜亂民宅區的某個神壇問事作法，一有機會便拉著他滿口神佛鬼怪，恐嚇他不跟著入教，遲早會下地獄。

表面上，媽媽還是他的媽媽，她說話字句清晰、條理分明，就和以前一樣。但有時講著講著，又會往妄想那一邊靠過去，怪力亂神、顛三倒四，就像突然被邪靈附身一般。但是媽媽還是關心他的，總會問他有沒有吃飽、有沒有穿暖，並且敦促著他必定要儘早成為某師父的弟子，以免死後媽媽去了天堂，他卻墮入地獄，母子從此永遠分離。

尖酸的、刻薄的、執拗的、偏頗的、瘋狂的，對他來說，都有一種熟悉的安全感。他和形形色色的女人交往過，有時是他辜負人，有時是別人辜負他，更常發生的是互相傷害。然而他幾乎來者不拒，熟的朋友說他缺乏邊界感，他同意，但每當女人溫暖的氣息像麻藥雲霧般朝他包攏而來時，他便一次又一次欣然任那邊界淹沒在情慾攪起的沙塵暴中。

晚餐結束後，他與June站在熙來攘往的大街上，正猶豫著接下來要去哪，June用一種命令語氣說，「去你家吧。」

客廳昏暗燈光下，June坐在沙發上，他盤腿坐地上，兩人有一搭沒一搭閒聊。空氣裡繃著若有似無的張力，只是他懶洋洋地，紅酒喝完了一瓶，還是沒有任何動作，他說他不確定想不想上床。她從沙發滑下來，順勢跨坐到他身上，親親吻吻，時間拖得越長，動作越是躁進。為什麼不？她問。他沒回答，好整以暇任由她推進，讓她把自己的衣服卸下，即便他的身體逐漸出現反應，也不疾不徐、遲遲沒有積極行動。他知道她是個好強的女人。任何人都有不安全感，好強的女人不例外，甚至因為缺乏安全感才更加好強。他知道這樣的人無法接受失去掌控的感覺，更不擅於面對否定與質疑。為了奪回控制權，安慰「我不夠好」的受損自尊，為了證明自己，他們什麼事都可能做得出來。

他不主動，卻給予足夠的回應鼓勵她，當她終於抓著他的堅挺導入體內的那一刻，他反客為主，像肉食植物終於捕捉到蟲子那般，瞬間張嘴吞噬。她的做愛風格令他感到驚訝，以一個平常總是橫眉豎目、痛恨所謂男性凝視，並多次公開表示成人片產業是萬惡淵藪的人來說，她的呻吟卻完全模仿了日本情色片那一套，充滿誇張的表演性質，欲拒還迎，一邊喊著「不要」，一邊卻又更賣力地迎合性器。

小時候，他也聽過這樣的聲音，從父母的房間裡嚶嚶嗡嗡傳出來。即便只是個小孩，他也記得自己感到訝異，驚訝於平時對爸爸頤指氣使、動不動就發火開罵的媽媽，竟然發得出這樣柔軟嬌小、近乎求饒的聲音。從此他對這樣的聲音，既是嫌惡又是興奮。

結束後，June躺在他身邊，直勾勾看著他。

「你什麼時候開始喜歡上我的？」她問。

「第一次看到妳就喜歡，我記得那天妳穿了一件紅色的洋裝。」他沒騙人。

June揚起眉毛，「你那天不是和一個女生一起來嗎？」

「對啊。」

「那你還注意到我？」

「妳那天很漂亮。」他老實說。

June聽了，趴在他胸膛上露出了滿意的微笑。

你和多少人睡過？幾乎每個和他來往的女人，最後都會問他這個問題。他試著回想，模糊色彩從記憶中驚鴻而過，在他對性愛還會大驚小怪的年紀，他還會一個一個累計加總，每個女人都如寶石珠玉各有千秋。直到今天，他還是那麼著迷於女人，從來沒有因經驗的疊加而感到麻木無聊過。他愛女人身體內側混合著乳香與香水的溫暖氣息。愛她們設計精巧、別有意圖的問題。愛躺在床上一路閒聊，直到清晨鳥鳴從毛玻璃窗穿透進來。愛做完愛沖澡後，她們清爽芬芳、絲滑柔軟的皮膚。愛她們在工作之餘從事的各種休閒興趣。還有永遠抱怨不完的家族恩怨和前男友前女友們。女人讓他覺得生命熱鬧。如今他四十好幾，人生已活大半，累積的閱人數量實在過於龐大，他記得當初算到一百多個就沒再繼續認真算下去。如今大約有將近四百多人吧。每一個女人都各自獨特，但身上也都有不免俗的共通性，只是人只有在被生活逼迫投降時，才比較願意承認自己的庸俗，並以人之常情之名為自己犯下的種種錯誤緩頰背書。而他學會，想要駕馭女人或是任何人，最簡單的方式就是為之造夢，讓對方覺得自己確實與眾不同，繼續安安穩穩活在想像建構的宇宙秩序中。

而他從來就不介意撒謊。就像他媽有次打電話過來，語調平靜地交代著自己在哪家銀行存了多少錢、保險櫃放了幾個金條，他一聽覺得不對勁，打斷媽媽，問「怎麼了為什麼突然說起這些？」媽媽用彷彿告訴他明天記得去繳電話費的平常語氣說，她不想繼續留在這個世上了。這樣的電話，後來他還接過很多次。媽媽沒有疾病，至少沒有任何會快速致死的病；或許腦子有點問題，但她自己卻不覺得，反而認為其他人莫名其妙，堅決不讓他帶去看醫生。接電話的當下，他故作鎮定，即興演出，用媽媽的語言說：「妳記不記得算命的說妳是一朵白蓮花，這一世要在女神座下修行？妳的時間到了沒，不是妳說了算，是神說了算。」掛電話後，他馬上叫了一輛計程車，往媽媽家直奔而去，沿路心臟怦怦狂跳，頭皮止不住地發麻。他沒有打給爸爸，那男人很久以前就已經表明置身事外，井水不犯河水。當他終於轉開門鎖推開大門時，媽媽就坐在漆黑滯悶的客廳裡看電視，舉起手若無其事和他打招呼。

人因為選擇了奇怪的信念，因而慢慢長成奇怪的形狀。彷彿各自坐上一葉扁舟，從寬大熱鬧、有燈火有人群的土地邊緣划船出去，朝著遠方獨自划遠，直至沒入寂靜無人的迷霧之中。

媽媽有她的信念，就像June有她的信念，涵也有她的信念。那些信念有的堅如磐石，有的如嬰兒頭殼般尚未熟成，然而人終會依著各自的理由，去選擇澆灌哪些信仰，然後攀附其上，賴以為生。強硬的挑戰與改變，等於是活生生砍斷那些支撐著生命力的樹幹。何必呢？反正媽媽不傷人，也從未真的自傷。於是他不再像年輕時那樣和她爭得面紅耳赤，而是學著用媽媽的語言進入她的世界。說她想聽的話，取悅她，滿足她，讓她夢得更舒服。即便她的世界，無論他進入過多少次，都還是感到陰冷而陌生，並隱約感覺總有一天當他走進去，會發現媽媽已經不在那裡，眼前只剩白霧瀰漫，空寂寒涼。

那感覺，就像兒時大量的獨處時光。那寂寞深深烙印在他的每一個細胞上。他記起，傍晚斜陽照亮空無一人的客廳，母親那天或許是加班晚了，沒有在平常的時間回家，他心急如焚地坐在沙發上等待，置身都市公寓的四面牆內，卻彷彿身處強風獵獵的空曠荒原。他記起，那一通通輕如鴻毛、彷彿惡作劇般，對方掛上後會掩嘴而笑的生前告別電話，他聽著母親的厭世之語，想像著包圍母親那成千上萬緩慢裂解的回收雜物，突然領悟母親其實早就已經活埋在墳墓裡。在他腦裡不斷回放的，還有那一天，狼真的來了、而母親終於真正離開的那一天。母親心臟病發驟逝後，他回到童年的家，人沒了，陽光還是如常照在母親睡了數十年、表面塌陷泛黃的一席床墊上。那深切寂寞從來沒有真正遠離，像是一個與生俱來的詛咒。他發現每當他真心愛上某人，總會一再發生神祕陽痿，導致結合失敗，就好像他是一張畸形拼圖，世上沒有一個恰到好處的港灣能夠讓他安置自己。

但他知道無論如何，媽媽還是愛著他也在意著他的，畢竟就算身在妄想深處，媽媽仍對他事事關心，日夜恐懼他落入地獄的宿命。這若不是愛，還有什麼是？

他發現自己正坐在黛安家的沙發上。

時間過得真快。天光雲影迅速位移，他的時間體感還停留在週五，一眨眼竟已是週日夜晚。時間像鬼抓人，一轉身一回頭，在他蒙眼不見的幾秒內，終點又更近了一些。

空氣裡有青醬、大蒜與滾水的氣味，黛安正在廚房烹煮晚餐。他看著黛安熟悉的背影。兩人認識十多年來，曖昧一直沒有斷過，只是相識那會，黛安已是有夫之婦，兩人只得時不時以無傷大雅的打情罵俏疏解緊繃的性張力。但是他知道黛安和丈夫的感情一直不好，只要他耐心守株待兔，總有一天，好事或許就會降臨頭上。果然，爭吵多年後，黛安夫妻終於決定離婚。前幾天黛安打電話給他，說一個人在家很寂寞，要他過來陪她。

等了這麼久，終於等到這一刻。然而此時的他卻感到欲振乏力，甚至有點後悔和黛安約了今天這頓晚餐。他好想回家休息。他應該回家休息。昨晚和June一路纏綿至清晨，睡眠嚴重不足，來黛安家前，他先去了健身房，結束後又馬拉松般去參加朋友餐廳的開幕活動。一整天下來，他的能量幾乎已被耗盡，疲憊如潮水般不斷漲上來。

年輕點時，他可以工作玩樂毫無間斷，大喝一場後只需睡幾個小時便又生龍活虎。但最近他一直覺得好疲倦，怎麼補都補不回來，累到他坐在沙發上就不小心睡著了。是年紀大了嗎？還是年輕時欠下的健康債終於追趕上來？昏沉之間，他做了一個夢。夢裡，他在某個陌生的城市街道閒逛，藍天白雲，陽光灑落街邊的店鋪櫥窗，所有事物都有一種透明光亮的質地，他感到新奇快樂。然而當他正端詳著一面電視牆時，媽媽的臉突然出現在多個螢幕上。媽媽叫了他的名字。他感到恐慌，拔腿就跑，在人來人往的明亮大道上狂奔，以為甩開後便稍稍慢下喘息，旁邊一輛車的車窗卻被搖下，媽媽竟探出頭來呼喚他的名字。他撒腿狂奔，此時，整個城市無處不在的擴音器傳出了媽媽的聲音，焦急喊著他的名，回聲在城市建築群之間層層迴盪，無所不在。他繼續奔跑，速度越來越快，最後跑離了都市的界線，來到一片沙漠，前方遠遠的有一個懸崖。一股如釋重負的感受升起，他頭也不回朝懸崖跑去，毫不猶豫縱身一跳——正喜滋滋以為逃過一劫，沒想到一隻牙尖嘴利的老鷹飛到墜落中的他身邊，媽媽的聲音從鳥嘴傳出，用鳥的語言呼喚著他的名字，音節化成刀鋒般扁平銳利的

「————」，一聲一聲刺穿他的耳膜。

他驚醒。黛安正在餐桌邊擺盤，屋內燈火通明，空氣盈滿了香料燉菜的溫暖氣味。音響正播著妮娜．西蒙（Nina Simone）的〈Lilac Wine〉。他渾身痠痛，閉著眼靜靜聆聽，聽著聽著，眼角竟濕潤了起來。他真是太累了。人一累就容易多愁善感。黛安煮的菜很好吃，她重健康，討厭加工食品，連義大利麵的青醬都自己打。他咀嚼著，感受營養素在疲倦的血管裡竄流。他和黛安有一搭沒一搭說著話，桌上有青醬義大利麵、甜菜根湯、一條法棍，還有一人一杯蔬果精力湯。黛安不喝酒。兩人對坐餐桌兩側，吃著家常菜，刀叉在燈光下閃閃發亮，一瞬間，他彷彿有一種結婚許久的錯覺。那麼日常與平凡。黛安看上去有些浮腫，她今年三十五歲，一直想生孩子，只是前夫不斷找藉口一延再延。為了留待後日，她決定去凍卵；排卵針讓她整個人腫了一大圈。他咀嚼著食物，腦海閃現著這些年來，兩人共享的那些刺激的祕密時刻。例如那次幾個朋友出遊，黛安的丈夫在前面開車，一個朋友坐副駕，他和黛安兩人在後座，他感到手背毛毛的有東西，低頭一看，竟是黛安的手指探過來，輕輕摩挲。還有一次，一群朋友在餐廳聚餐，結束前大夥擠在一起合照，黛安夾在他和丈夫之間，所有人面向手機鏡頭笑開，他的手卻悄悄扶上她的背，在手機快門按下那瞬間，一扭指彈開了她的內衣背釦。她斜斜側過頭，笑笑瞪了他一眼，眼神裡有譴責也有嬌嗔。

慾望演練了這麼多年，不斷朝忍耐的臨界值推去，終於等到障礙清除的今天，他卻感到曾使他熱血沸騰的那種衝動，被鍋碗瓢盆、健康食物與光明正大坐在黛安家餐桌上的情景給稀釋了大半。也許他只是累了。只是他總覺得自己有責任滿足女人的慾望。他觀察黛安的眼神舉止是否隱含著期待，但她看起來也意興闌珊。他暗暗鬆了口氣，彷彿卸下重擔。他感到身體所有津液已被連日來高速運轉的幫浦抽乾，他只想用省電模式無知無覺過完這一天。飯後兩人坐在沙發上看電視。這米白色沙發很大一張，並排坐四個人也綽綽有餘，但他注意到沙發角落有一片淺黃色的污漬。手機叮一聲響起訊息通知，是June，她說等一下想見他。即便累到極點，即便理智上想一個人回家、關上所有的燈好好睡個三天三夜，他卻意識到自己撐著沉重的眼皮回覆了「好」，約June兩個小時後在他家碰面。

黛安整晚沒說什麼話，甚至也沒注意到他在傳訊息，只是盯著電視若有所思。

媽媽曾經也這麼盯著電視。吃飯看，休息看，就連做菜時也讓電視開著，嘈雜的聲音擠滿空間，好像只要如此，空蕩的屋子就能熱鬧一點。後來媽媽拔掉了電視插頭，晶亮的螢幕逐漸長出厚厚一層灰塵，那灰塵像瘟疫一般，家中其他物品很快都被傳染。每一次回去，家裡似乎就變得更擁擠、更灰敗、更陰暗。一袋又一袋的寶特瓶鋁箔包、超商便當盛醬料的塑膠內盒、大大小小的紙箱與鐵桶、東一本西一本舊書、歪歪倒倒的電風扇、輕便鐵架與塑膠製物籃、白色橘色紅色裝滿雜物的塑膠袋、舊衣服、量杯、在地上乾掉的不明深色液體。成山成海的混亂，垃圾之洪的壯觀。還有大量的報紙，一疊又一疊的報紙。媽媽不再看電視，不再吸收新的外界資訊，但她日日重複讀著那些泛黃的報紙。油墨印刷的字在她的眼裡反覆刺青，永久而安定。那些已經發生的事，不會再改變的事，不會欺騙她，不會讓她落空，不會帶給她意外的驚嚇。她反覆讀著，將自己安穩裹在一個靜止的時空，而他每一次拜訪媽媽後從那垃圾洞窟回到開闊大街上，感覺就像一次破殼而出的全新逃難。他騎著腳踏車，在臺北街頭安靜而快速地掠過。以前他一直很害怕媽媽死去的那一天，後來當事情真的發生了，他卻在震天撼地的失重感中，五味雜陳地察覺到一絲快樂。

腳踏車輪飛速運轉。腦內齒輪也高速轉動。明天，全新的一個禮拜，工作待辦清單有ABCDE，等等見June要記得今天不能又搞得太晚睡。明天晚上別忘了涵的約會。等等要傳個訊息給黛安謝謝她的晚餐。還有禮拜一的簡報。該死完全忘了那個簡報。他騎著腳踏車在夜晚涼風中穿越臺北，思緒紛雜地盤點著一樁又一樁未完待續的人事物。日子巨大的齒輪緩緩輾過。暗影沉降的那一刻，他輕輕閉上眼睛，耐心等待亮面再次輪轉回來。

在日昇月落之間，他不想獨處，不想要自己一個人。他不是在抵抗無可抵抗的浪潮，也不是害怕會看見不想看見的什麼，他心底最陰暗的事物早就都坦蕩地鋪排在陽光下。他害怕的是那無以名狀的，空的房間，空的子宮，空的深井，空的音節。於是他情不自禁，只能不斷填滿。

他懂母親。

她構築的是抵抗現實之牆，而他囤積的是以待來日的愛。

〈Lilac Wine〉

I lost myself on a cool, damp night
I gave myself in that misty light
Was hypnotized by a strange delight
Under a lilac tree

I made wine from the lilac tree
Put my heart in its recipe
Makes me see what I want to see
And be what I want to be

When I think more than I wanna think
I do things I never should do
I drink much more that I oughta drink
Because it brings me back you

Lilac wine is sweet and heady, like my love
Lilac wine, I feel unsteady, like my love
Listen to me, I cannot see clearly
Isn't that she coming to me? Nearly here

Lilac wine is sweet and heady, where's my love?
Lilac wine, I feel unsteady, where's my love?
Listen to me, why is everything so hazy?
Isn't that she, or am I just going crazy, dear?

Lilac wine, I feel unready for my love
Feel unready for my love

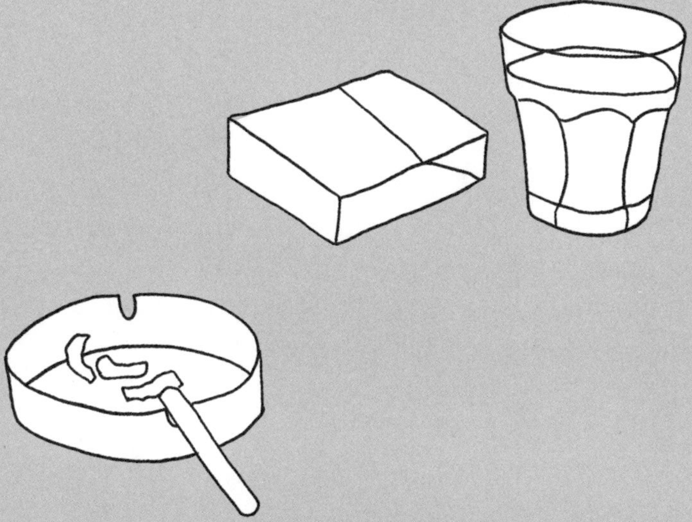

寂寞

飛地

那日早晨陽光明媚，臥房白牆上的樹影輕輕搖動，空氣裡有咖啡的味道。她睡眼惺忪翻下床，慢慢踱步到客廳，Matteo斜躺在沙發上抽菸，茶几有喝了一半的咖啡，電視正在播報新聞，嘰哩咕嚕的外國語言，她聽了一個多月，還是半句話都聽不懂。

「早安。」Matteo對她說。

「早安。」她走到沙發旁的扶手椅坐下。

靜靜坐在椅子上，電視人聲流過她，咖啡醇苦氣味流過她，斷續的刺鼻菸味流過她。今天是個好日子，但她醒在悶悶不樂的心緒中，彷彿剛從一場陰鬱煩悶的惡夢中歸來，只是已經忘了夢的內容。她瞥了一眼Matteo怡然自得的神情，心生不悅，卻又說不上這煩躁究竟從何而生。

Matteo不應該這麼快樂。他憑什麼這麼若無其事快樂著。自從和Matteo來到義大利後，她便一直處在莫名的惱怒與委屈之中。思緒紛亂如麻，一個念頭還沒成形就被另一個新的念頭蓋過，腦裡一團亂烘烘，她也不知道自己到底在煩什麼，倒是所有念頭螺旋反覆，最終都回到同一個地方：我到底為什麼要來這個鬼地方？

跟著Matteo千里迢迢來到義大利前，她想像的「義大利」，是羅馬假期，是托斯卡尼豔陽下，是西西里島的美麗風情，就像她在電視、電影和社群媒體看過的那樣。然而抵達當地，一切都和她原先想像的不同，這裡不過是義大利北部一個平凡無奇的鄉下地方，沒有藝術，更無浪漫可言，只有瀝青鋪成的褪色馬路、小而簡陋的市中心廣場、平凡無奇的中世紀城堡、四處亂長的路邊雜草，還有百無聊賴的生活景象。

這是她的第一次歐洲行。出發前，她滿心期待，想像著各式各樣的可能性。為了這趟旅行，她分期付款買了一臺新的相機，她將義大利定調為一場自我成長之旅，她想像自己沐浴在異國陽光下，美食美酒，衣香鬢影；新鮮的空氣是她的精神糧食，一吸一吐，就會不斷進化，成為一個更好版本的自己。

她創辦了一個新的社群帳號，計畫把這場蛻變過程記錄下來，幸運的話，或許就此踏上成為網紅之路。新的人生目標讓她振奮，成功的前景在她腦中顯化，她陶醉色彩繽紛的幻想，或許很快，她的名聲就會扶搖直上，粉絲、業配、各界合作接踵而來；她終於能夠離開朝九晚五的上班族人生，遠離辦公室那些讓她厭煩的人。她想像著同事們的羨慕嫉妒恨，想像他們在辦公室的日光燈管下、下班人潮擁擠的公車上、夜晚承受著他們疲憊身軀的床鋪裡，看見她遠在千里之外，裡裡外外浸潤著南歐陽光的燦亮笑容。她思考著第一篇貼文該如何一炮打響，或許是「只要勇敢，就可以過上夢寐以求的生活」？她是真的很為自己開心，和朋友們分享這份喜悅，一點也不為過吧？若有人覺得刺眼，不過是嫉妒罷了，她得早點習慣這種事。

然而抵達義大利的第一天，失望之情便鋪天蓋地活埋了她。

Matteo的公寓，窗外是車流繁忙的柏油大馬路，而不是她印象中歐洲該有的那種古樸石子路。附近也沒有可愛的文青咖啡廳、歷史悠久的傳統餐酒館或佈置精緻的精品店鋪，只有一家平價超級市場、一間賣香菸咖啡彩券的雜貨店，還有一個雜草蔓生、當地不良少年與野貓野狗聚集的荒涼小公園。整個城鎮甚至連一家星巴克、一間家樂福、一棟像樣的百貨公司都沒有。抵達的第二天，她就忍不住和Matteo抱怨，這裡怎麼和想像的差這麼多？Matteo說，歐洲不是每個地方都長得跟觀光大城市一樣。她說，但這裡真的很落後耶。Matteo沒好氣回嘴，「我早就跟妳說我住的是鄉下，是妳自己要來的。」

的確，幾個月前辭職那段時間，腦子一片空白，完全不知道人生下一步該怎麼走。恰好Matteo說他打算回老家探親兩個月，於是她主動提議一起跟著去。回義大利代表要見家人，代表默認彼此關係具有一定分量，只不過交往近一年以來，兩人大小爭吵不斷，離磨合成功似乎還遙遙無期，Matteo坦白說，不確定這個時候見家人，是不是有點太快。然而她動之以情，說之以理——最近剛失業，喪失生活目標，心情很差，想要出國散散心——「你可以忙你的，我會自己找事做，你可以跟家人說我只是來借住的好朋友，我不介意。」Matteo聽了，心頭隱約有疑慮，但經她好說歹說，想著即便有些不愉快，但彼此之間畢竟也不是毫無感情，況且兩個人只要狀態對了，相處起來也是挺開心。再說，短短兩個月的時間，是能發生什麼嚴重的事？最後Matteo點頭答應。

初抵義大利的前幾個禮拜，就發生了幾次大小爭執。她想用Vlog記錄生活，捕捉在露天咖啡座優雅閱讀、穿碎花洋裝在街頭漫步、在家親手料理義式家常菜的畫面，殊不知，這鳥不生蛋的方圓百里內，沒有一家像樣的露天咖啡座，街坊鄰居多半也是些穿著白色汗衫坐在門前乘涼的叔叔阿姨，在這樣的地方盛裝打扮，顯得小題大作，怪異突兀。她日日拜託Matteo開車載她到大一點的城鎮去，但Matteo久久回家一次，大部分時間只想和家人待在一起，只願意週末載她出去走走，兩人因此吵得不可開交。她不會開車，也不會騎腳踏車，對於單獨在人生地不熟的地方搭公車或火車也有莫名恐懼；Matteo不載她，她就哪裡也去不了，拖拖拉拉了一段時間，最後她決定，還是在家做料理吧。

她去超市買了番茄、羅勒、義大利麵等食材，在廚房流理檯上架了個手機三腳架，粗手粗腳煮了一道番茄羅勒義大利麵。其實她對煮飯一點興趣也沒有，在臺灣，她三餐外食，想到要洗菜、切菜就覺得懶。她擅長的是廣告行銷，大學畢業後進入一家中小型企業工作，本來做得還挺上手，沒想到後來幾個同事之間出現磨擦，彼此搞得很尷尬，僵持了幾個月，不見轉圜餘地，每天氣氛糟得讓人受不了，反覆思量後，她決定自請離職。

那樣平庸、沒前途的爛公司，反正她早就想離開了。危機就是轉機，她要乘著時勢，讓自己改頭換面，鶴立雞群。公司那幫混蛋小人，和她根本不是同個層級。

她吃了幾口剛煮好的義大利麵，麵醬分離，食之無味，不過乍看下倒有模有樣，很有家常的隨性感。她將盤子推到一邊，開始低頭在手機上剪片、上字幕、配音效，影片剪完了，還要撰寫發文的文案，製作封面的配圖。

忙了幾個小時終於大功告成。

她略微緊張地按下發布，然後，進入等待。屏息。每隔幾秒，她就刷新一次動態。到了第四分鐘，有人按讚了，是她媽。接下來的一個小時中，她的一個大學同學、一個高中老師、一個前同事也按了讚。她躺在床上不斷刷新，刷新，再刷新，從晚上八點刷到十一點，觀眾反應比她預期平淡，她有些洩氣，複製了貼文連結寄送給瑧。「今天做了義大利麵！」她寫道。

瑧是這個無聊小鎮上，另一個從臺灣來的女生，嫁給了一個義大利人，在市中心的壽司店工作。Matteo以前常去那家店吃飯，和瑧混熟成了朋友；當初就是因為瑧的推薦與介紹，Matteo才萌生去臺灣學中文的想法。

來義大利後，她天天抱怨這裡有多無聊，於是Matteo把瑧介紹給她，想著有同鄉人陪伴，或許能聊解寂寞。瑧已經移民多年，義大利語說得很溜，個性外向直爽，見到誰都能說上幾句。瑧了解人生地不熟的徬徨，於是開始主動約她出去喝咖啡、吃午餐、散步健行，偶爾瑧的丈夫和Matteo也會同行。

她雖然感激瑧的盛情與善意，但那善意其實她接收得很勉強，她覺得，瑧和她並不是一路人。就像琫老愛帶她去一些看起來很破舊的咖啡館，她完全搞不懂這種沒冷氣、沒裝潢、椅子又難坐的地方有什麼好，怎麼抓角度都拍不出好照片。但是琫說，這裡可以體驗到原汁原味的在地生活，所以她只好沉住氣，忍耐陪笑，掩飾心中不滿。有時候，她看著琫如魚得水點咖啡，和店員毫無窒礙地談笑風生，不免暗自懷疑琫是不是趁機在和她炫耀，「看我義大利語說得多好」、「看我多麼懂得融入異地生活」，她忍不住在心裡連翻幾個白眼，嘴裡咖啡的味道更苦更澀。

還有健行，從小在都市出生長大的她，其實極度討厭戶外活動，受不了流汗的黏膩與喘不過氣的胸悶，也厭惡無處不在的蚊蠅毛蟲，要她坐在草地或泥巴地上，心裡更是止不住覺得髒。琫有回騎車載她去附近的山裡走走，這一帶是大理石開採區，山勢奇偉嶙峋，白雲在樹林間緩緩飄動，陽光透過雲層間隙一束束照射下來，底下的蜂蜜色城鎮泛著一層夢幻的光澤。此情此景，她覺得美是美，卻也沒有美到讓她心情激動的地步。不過就是山而已，能美到哪裡去？當琫在草地上鋪好一塊墊子，從袋子裡拿出一瓶紅酒與兩個半路在小肉鋪買的三明治，坐下來準備開吃時，她只是坐立難安地盼望她們可以趕快吃完喝完後下山，因為山上收訊很差，下山才有訊號，她想快點看看早上在社群發的文有多少人按讚。

再說，雖然完全沒有證據，但她忍不住懷疑，Matteo和瑧之間會不會曾經有過什麼？兩個人認識那麼久，都說異性戀男女沒有純友誼，難道他們全無曖昧情愫存在？她會為此質問Matteo，兩人大吵一架，Matteo說，他認識瑧的時候，瑧早就已經結婚了。

「如果她還單身，你是不是就有可能約她出去？」她像隻鬥牛犬般咬死不放。

Matteo想了想，呆頭呆腦說，「嗯……也不是不可能啊？」

「所以你心裡是喜歡她的嘛！」她冷笑。

「但我現在就是跟妳交往，沒事也不會去幻想我和瑧怎麼樣啊？我們在吵的問題根本不存在！」Matteo氣急敗壞，口吐白沫。

最後吵到無話可吵，她將此事歸類到感情的「無解區」，雖然表面暫不再提，卻也從來沒有真心釋懷，只是將此事和其他幾百樁類似的不滿不悅掃入無解區，在黑暗裡兀自腐爛發臭。

因著種種明裡暗裡的原因，她感謝瑧的熱情好意，心底卻認定兩人並沒有那麼合拍，對她來說瑧太小資情調、太波西米亞。後來瑧約了她幾次，她都委婉推拒了。不過此時她躺在床上，幾個小時過去了，稍早發布的那部做菜影片才收獲十六個讚，她暗暗發慌，想了半晌，決定把影片連結傳給瑧，期待獲得一點正面回饋。

不久後，瑧回覆了訊息：「想吃！」並且很識相且上道地不只按讚留言，還分享了那則貼文。

突然她對瑧湧起一股強烈的感激，甚至還覺得有些抱歉，或許自己應該對瑧再主動、再友善一點。她乘著難得的好心情，關掉了手機，一鼓作氣站起來，拖著因久坐而僵硬的四肢，走到浴室去洗澡。她不想一直掛心網路的事。她試著把注意力集中在洗髮精的花香味，還有熱水奔流在肌膚表面的溫熱上。活在當下。活在當下。但當她意識過來時，她發現思緒不知何時又和那支影片糾纏起來。是不是哪裡拍得不夠好？或許角度不夠誘人？或許選題完全錯了方向？都是Matteo的錯，如果他載我去漂亮一點的地方拍照，我就不用在這裡拍什麼無聊的料理影片了。

她不得不在意。畢竟這一整個義大利蛻變計畫，該是她鹹魚翻身的重要機會。這麼多年來，寫文案、發想創意、追蹤廣告成效，為別人賣產品，為他人夢想盡心力，雖然工作表現不錯，她心底卻一直擺脫不了一種為他人作嫁衣裳的不是滋味。她是自傲的，也是自命不凡的，她自認讀的是一間臺灣還算有名的大學，心底看不起其他同事多半二流、三流學校畢業，卻還一副和她平起平坐的說話態度。後來公司招進來的新一梯新人，學經歷也多半不怎麼樣，待人處事也緊張扭捏，菜到不行，一副欠人調教的樣子。想當初，她也是為了公司好，看那些嫩弟嫩妹根本搞不清楚狀況，她才主動多費心力指導，尤其其中一個小妹妹，仗著自己名校畢業，自以為和其他人有些不一樣，平常和她說話竟然不懂得恭敬一些，像這種自我意識過剩的人，不好好管教，久了可是會出亂子。或許她說話是直了一點，或許她用詞是嚴厲了一些，但最後竟然被傳成是在霸凌新進人員，甚至搞到大主管都被驚動，把她找去小房間談話，對她祭出警告。她當然不是完美的人，但世上有幾個人是完美的，又有誰真的有資格批評她？

她不知道是誰去告的狀，一夕之間，公司的氣氛變得微妙而詭譎，四面八方都飄蕩著若有似無的敵意，甚至同梯的同事對她的態度也避諱起來，明顯排拒疏遠。我才是那個被霸凌的人吧？我才是受害者吧？現在大學新鮮人都這麼脆弱，經不起一點批評了嗎？憤怒與委屈像綿密纏人的雨不斷落下，終於泛濫成災，覆水難收。

「我幹嘛在這種爛地方跟這種層次的人混？」她憤恨地和Matteo抱怨。

「為什麼妳不去和主管說公司有人霸凌妳呢？」Matteo問。

「事情沒有這麼簡單啦。」她含糊帶過。

「你們亞洲人，就是有禮貌過頭了！」Matteo為她打抱不平。

昨晚洗澡後她躺在床上滑手機，滑著滑著就睡著了。醒來時，已近中午，窗外傳來鄰居談笑的聲音，還有斷斷續續的清脆鳥鳴。她撐開乾澀的雙眼，伸手去抓掉在床下的手機，滑開社群媒體，心臟撲通撲通跳。二十六個讚。「好想吃」，一個大學同學留言。「過很爽喔！」一個很久沒連絡的小學同學回覆。

才二十六個讚。

沉重的失望感凝結成一顆大砲，朝她的胸膛正中央發射，穿出一個嚇人的空空大洞。她感到皮質醇上升，手腳發涼，心情像海底船錨一般沉重。彷彿世界末日。她躺在白色大床上，盯著牆上悠哉搖曳的光斑樹影，凌亂思緒流星般一道道掠過，越想越委屈。

這什麼鳥地方。她想。Matteo住這什麼鳥地方。為什麼Matteo不住羅馬、威尼斯或佛羅倫斯之類的大城市？為什麼他不是有錢人家出身？為什麼偏偏是個窮鄉僻壤又毫無上進心的普信男[2]？跟著他我有什麼前途？我還這麼年輕，真的要把青春全部浪費在他身上嗎？

越想越氣，從床上暴躁起身，循著電視聲來到客廳，見到Matteo躺在沙發上抽菸、喝咖啡、看電視，那副悠哉軟爛、毫無野心、一點也不為未來憂心的朽木糞土樣，心中一把火燒得更熾烈。不僅沒錢沒本事，甚至也不貼心，泡個咖啡也只泡自己的，不會想到連我的也一起泡。這樣的男人可靠嗎？

想到這裡，她眼底開始積聚憤恨的淚水。他甚至也不了解我，完全沒有感應到我心情不好，就讓我站在這裡自己一個人難過。

終於她忍不住，開口朝Matteo射出一發硬如鋼釘的句子：「你今天沒別的計畫嗎？」

---

2 「普信男」：網路流行語，意指整體條件普通，卻擁有極高自信的男子。

「沒有特別計畫，下午阿姨表姐要來。」Matteo說。

「就這樣？所以你整天就這樣晃來晃去，也開心？」她刻意保持語氣的中性與平穩。

「妳怎麼了？現在是怎樣？」Matteo開始感覺到不對勁，語氣防備起來。

「沒怎樣啊，只是覺得你過得這麼悠哉，自己都不會緊張喔？」她手臂在胸前交叉起來。

「妳到底想說什麼？」Matteo的口氣從防衛逐漸朝不耐煩升級。

這一切都太熟悉。陰陽怪氣的起始句、意有所指的刺探、指桑罵槐的暗箭，以及道不清辯不明的對錯歸屬。星期六午後，外頭陽光燦爛，兩人在屋裡吵得面紅耳赤，吵到激動處，Matteo猛地站了起來，指著她鼻子怒吼：「反正什麼都是別人的錯！」

「你現在是在對我大吼嗎？！」

「妳根本是吸血鬼！根本不在乎別人的感受，只會要、要、要！整天就只會抱怨，妳之所以要來這裡，根本就只是想要有免費的地方可以住吧？」Matteo的話掀開了一個不可見光的隱蔽角落，她視線發白，下一秒，她發現自己隨手抓了櫃子上的一個瓶子，用整個手臂的力量朝牆上扔去。

碎裂巨響噴發，玻璃罐裡的紅色粉狀物灑得到處都是，粉末散落在碎玻璃間、沙發上、地毯纖維中、桌上的咖啡杯裡，乍看像一幅大膽的紅色抽象潑墨畫。Matteo目瞪口呆盯著殺人現場般血流成河、觸目驚心的畫面，她這才意識到，她什麼不砸，偏偏砸到Matteo爺爺生前留下的最後一瓶自製辣椒粉。Matteo只有在非常特殊的場合，才會把這罐辣椒粉拿出來，很珍貴地加一點到菜裡，懷念爺爺的味道。此時Matteo不發一語，衝去廚房拿了一個杯子跟湯匙，趴到地上，一勺一勺搶救辣椒粉，彷彿在收拾爺爺的骨灰。她知道自己闖了大禍，但面子一時又拉不下，於是呆站在牆邊，不發一語。Matteo自顧自忙了好久，似乎還在無聲流著眼淚，最後總算救回一些辣椒粉，只是裡面混了灰塵，再也不純。

Matteo把馬克杯收到廚房高處的櫃子裡，走出來時，眼淚已經擦乾。他面色冷酷，冷冷對她說：「我們到此為止。」

Matteo把她的行李放到後車廂，開車載她到鎮上的火車站，把她的行李一件一件放到地上，冷冷說了句「保重」後，便毫不留戀地開車離去。

她站在大小行李間，無法動彈，就連旁邊看起來可憐兮兮的吉普賽老婦來找她攀談，她也視而不見，無動於衷。在Matteo的車上，她逼自己道歉，試圖用輕鬆的語氣化解危機，讓Matteo知道她真的不是故意打破那罐辣椒粉，Matteo這樣真的有點小題大作了。但Matteo不發一語，眼神堅定地朝火車站開去。

在國外被分手，多鳥的事。她思考各種可能性。該直接買機票回家嗎？不行。這樣的話太丟臉了，要怎麼跟家人朋友交代？再說，她還有很多計畫要執行，回去等同於放棄。人都已經在這裡了，相機分期付款都刷下去了，新的社群帳號都公告周知了，她不能就這麼離開，絕對不行。退無可退，深思熟慮後，她決定買一張到羅馬的火車票。

火車上，她用訂房平臺訂了當晚住宿，抵達羅馬已是傍晚。

她獨自一人站在空蕩蕩的旅館房間裡，大口呼吸著羅馬的空氣，一股自由自在的力量湧現。終於。窗外，是她夢寐以求的歐洲石子路，夜晚街燈下，行人在蜿蜒小巷中穿梭來去，影子忽大忽小投射在斑駁的建築牆面上。不遠處的古老廣場，餐廳的露天座位在星空下團團排開，穿著白衣黑圍裙、身形挺拔的服務生在桌間優雅穿梭，指尖頂著巨大的圓形銀托盤，上頭放著用瓷盤銀器盛裝的美食美酒。她覺得自己就像是《享受吧！一個人的旅行》（*Eat, Pray, Love*）的主角。整個世界向她慷慨展開雙臂，她只需要去體驗，去享受，去索取，對自己好，就是快樂的真諦。當她在廣場餐廳的露天座位上，品嚐著一盤香濃的肉醬義大利麵時，不禁輕笑出聲，她怎麼沒早點想到可以這麼做？幹嘛不一開始就直接來羅馬就好？雖然旅費有限，如今開銷全靠自己，代表義大利之旅將大幅縮短。「但我其實根本不需要Matteo的幫忙。」這想法讓她感到痛快。

那天晚上，她在旅館寫了一篇日記：「獨旅的過程中，我突破了原本的膽小，原來我們身上，一直都擁有自己需要的力量。」搭配晚餐的自拍照，發布到社群。這一篇，得到六十幾個讚，兩個新粉絲，幾個「妳好勇敢」、「太美了」的回應。

計算旅費，她估計能在羅馬待上一週。

Matteo沒有傳來任何訊息，她檢查Matteo是否在社群上封鎖她，似乎沒有。他無話可說。她盤算著自己是不是該改回臺機票，又考慮到或許幾天後Matteo氣消了，會願意讓她回去；這麼一來，她就可以待到原訂時間、用原機票回臺灣，不必浪費改票的錢，又可以在義大利待久一點。一番算計後，她決定先按兵不動。

早晨，她搭公車前往羅馬競技場，藍天白雲，陽光熾熱，她跟著人潮在古老階梯與巨型石柱間龜速移動，覺得好熱，熱到快要受不了。她躲到柱子陰影下稍事休息，眼睛搜索著從剛剛就注意到的一對年輕情侶。那兩人看起來年紀不超過二十五歲，男生挺拔英俊，一頭棕色捲髮，寬大的短袖上衣搭配寬鬆長褲，戴一條銀色鏈子，神情痞痞帥帥的，大概是個模特兒。走在他身邊的女人和他一樣耀眼，一頭錦緞般光亮絲滑的杏色長髮、有大量醫美痕跡的精緻五官，緊身粉紅色洋裝凸顯出纖瘦且凹凸有致的曲線，休閒平底鞋拔出的一雙長腿美得渾然天成，感覺是個社群追蹤人數破十幾萬的那種名人。

兩人從一眾穿T-Shirt短褲、寬邊遮陽帽的土氣觀光客之間脫穎而出，牽著手漫步而過，不疾不徐，姿態優雅，彷彿古代神祇沿途輻散聖光。這對戀人在她心中勾起的千滋百味，比起羅馬競技場帶給她的震撼度強過數倍。胸口起伏著她無法言說的情緒浪潮，一會艷羨拍打，一會嫉妒上岸，滯留下來的，是一種雜揉著渴望與悲哀、望眼欲穿、近在咫尺卻不可得的失重感。

Matteo還是無消無息。毫無動靜的聊天室，化成一張嘲笑的嘴臉挑釁著她，讓她越看越恨，越看越委屈。他媽的，我又不是只有你。高壓的惱怒轟然炸裂，她憤憤點開另一個聊天室，在聯絡人中尋找「翔」這個名字。翔從大學時期就一直喜歡她，這些年仍時不時噓寒問暖，頻獻殷勤，她需要幫忙時，永遠有求必應。可惜翔一百六十四公分的身高，實在不是她的菜，個性也呆板無聊，所以這些年來，她只是把翔吊在身邊，偶爾陪聊，卻沒有給過真正的甜頭；充其量是車子裡安全氣囊般的存在，平時用不上，但想到有他就安心。

現在的她需要翔，翔是她的天使，她的救贖。「嗨，最近還好嗎？」訊息發送。

從羅馬競技場的驕陽下逃難般離開，她散步到台伯河畔邊，一家冷氣開得很強的咖啡座。叫了杯咖啡，一塊蛋糕。回到溫控文明，汗水漸漸蒸發，如釋重負。窗外人車來來往往，河邊成排綠樹在微風中輕輕搖晃，有人騎著腳踏車飛馳而過，有人三兩說笑，有人坐在河邊低頭專心閱讀，任天光在身邊變幻，久久不抬頭。

夏末的羅馬，有一種難以言喻的生命力，擁擠的咖啡廳裡，站在吧臺邊的一排人喝完小瓷杯內的濃縮咖啡，後面一排人便井然有序遞補而上。每一條蜿蜒狹窄的小巷、每一扇陰暗涼爽的窗口，每一個峰迴路轉的角落、每一處閒人勿入的庭院，都有人在那裡過著自己的生活，抽菸、聊天、做愛、讀書、調情、叫賣、發怒、出神。教堂鐘聲在城市上空敲響悠遠回音，歌劇的高亢顫音從夕陽酒館的門縫流洩而出，尋歡人群在古老遺跡間嬉鬧穿梭，台伯河水在傍晚橘紅燦亮的天光雲影下安靜奔流。似乎人人都置身於某個熱切而親密的對話中，有聲與無聲的動心起念、聚散離合的運命流轉盤據了整座羅馬城，連綿成整片星圖般熒熒閃爍的人間燈火。

然而她覺得羅馬於她彷彿罩上了一層透明的防護罩，她被擋在外面，看得見，卻進不去。報紙、招牌、菜單與公車站牌上的文字，念得出來卻看不懂；原本聽著覺得很有異國情調的外國語言，漸漸像永無止盡的啞謎般讓她感到煩躁不安；街上那些忙著過生活的男女老幼從她身邊走過，視而不見，無意交流，她感到在家鄉汲汲營營爭取而來的各種有效身分象徵符碼，在這裡全都變得了無意義並輕如鴻毛地瓦解消散。在這個美麗的城市中，她無親無故，裙帶空蕩，她想自己就算現在突然暴斃在這家咖啡館裡，也不會有任何一個人真正在乎。她像一塊飛地，如羅馬裡的梵蒂岡，一塊既有領地裡的異樣存在，只是她沒有雄偉的教堂，沒有巧奪天工的藝術，沒有絲縷相牽的歷史。無人在乎管顧，寂寞飛地，空空蕩蕩，四面封鎖，形同孤島。

這種感覺，並非突然而生，而是自她懂事以來，便有的一種局外人的恍惚。

她還記得，寂寞與不甘的種子，始於九二一大地震那一天。那時她兩歲，醒來時，天崩地裂的劇烈搖晃已經停止了，四下一片死寂漆黑，冷氣、電視與小家電的白噪音都消失了，世界像被抽真空，靜得讓她寒毛直豎。斷電。一股莫名的勇氣或是恐懼逼著她爬下床，摸黑到幾步以外弟弟的床邊，卻發現上頭是空的。她放聲大哭。幾秒後，媽媽抱著弟弟從房門口衝進來，抓住她的手，將她拽到外面客廳的堅固大桌下。在那張桌子底下，媽媽一手抱著弟弟，一手抱著她，爸爸或許又出去和什麼客戶應酬了，不在現場。她記得在那漆黑中，她感受得到媽媽的體溫，卻止不住瑟瑟發抖，覺得無限冰冷。她敏銳察覺到地震發生的那當下，媽媽跌跌撞撞衝進房間，抱出去的只有弟弟，而她則被留在後頭。從此，一種對愛的患得患失與疑心病便根深蒂固。

她不能說爸媽不愛她，從小到大那些補習學費、才藝班費和生活雜費，該付的爸媽都付了，只是比起弟弟，給她的似乎總是打了點折，是弟弟的低配版。她不甘心，不覺得自己比笨頭笨腦的弟弟差，於是她更努力上進，成績名列前茅，繪畫比賽得名，穿著小禮服參加鋼琴成發，奮力綻放光芒，一心想把弟弟比下去，彷彿這樣就能證明，她比弟弟更值得被愛。

然而後來，爸媽擠出積蓄，供出上百萬，讓在臺灣沒什麼成就的弟弟去美國洗學歷。她說她也要去歐洲讀精品管理，爸媽卻說家裡沒錢了，而且女孩子，不如趕快找一個有錢人嫁了比較實在。

愛是交換，愛是向上流動。她是一個念過書的人，對父母的傳統思想感到不以為然，然而即便理智上輕蔑，卻無論如何無法在情感與孝道上乾脆地與父母一刀兩斷。她在抗拒與討好、憤恨與委屈、隔絕與依戀的來回鋸齒間被碾成不規則碎塊，生活大半精力都用在縫補與接合上，多數時候，她無法清楚分辨內心躁動情緒的源頭與去向，總是在無以名狀的憤恨、委屈與不甘中天旋地轉。所以她喜歡那些由別人深思熟慮過、條理分明的現成論述，星座算命、人格測驗、金句語錄、女性主義，別人的思路別人的結論，像一塊塊繡滿華美圖案的溫暖毯子，層層覆蓋在身上，讓她覺得很有安全感，像一個真正的家。

然而生活中某些不經意、階梯突然少一階的踩空時刻，像一雙隱形的手，將蓋在她身上的毯子倏地拉走。就像現在，她坐在河邊的咖啡館裡，充滿遺棄味道的現實，像盆冷水在她頭上緩緩澆蓋而下。她的手指不斷焦慮重複刷新社群通知，她所發布的每則貼文，都是通向理想未來的磚石，每一個讚、每一則留言、每一個分享，都是被認同與讚許的安心認證。他人的目光不是地獄，而是定心丸。

該發新貼文了。她滑開手機相簿，在氾濫蕪雜的照片中，搜索著能夠拿來分享的圖文材料。羅馬在窗外生機盎然，她卻彷彿置身沙漠荒野，口乾舌燥，患得患失，心臟怦怦亂跳。宇宙似乎感應到她的孤立焦躁，突然一則對話通知跳出，是翔傳來的：

「好久不見！妳在歐洲？」

洪流裡抓到浮木，接下來的一個小時，她埋頭打字和翔來回對話。平時沒感覺，但此時的翔彷彿天底下最寬容慈悲的聆聽者，她將到義大利以來遭遇的種種不滿與挫折傾倒而出，聊著聊著熱淚盈眶，擦了又乾，乾了又擦。她從未對翔如此敞開心房，翔見獵心喜，熱烈迎合，為她打抱不平，一起痛罵義大利男人不可靠的天性。最後兩人說好，等她回臺灣，要約見面吃頓晚餐。

和翔聊過，有人懂她、站在她這邊，她覺得好多了。瀕臨失控的焦慮感，終於緩緩沉降下來，降到羅馬地底，和那些沉睡的古文物埋在一起。

搭公車回旅館的路上，她看著車窗外逐格漸暗的街景，古代遺跡聳立在地殼表面，被巧妙佈置的燈光照得燦爛輝煌。活人的城市，在死人的墳城上繁榮。公車沿路走走停停，有人下車有人上車，她坐在位子上，轉著眼睛偷偷看人，注意到沒有一個人注意到她。這異國，這異族，這奇異的氣味，這一顆顆跳動的陌生心臟。她與這一切唯一的連結Matteo，在一個遙遠的網路也抵達不了的地方。底下的陌生大地朝四面八方匍匐開展，延伸到極遠極遠。而她只不過是這片廣大之中，微不足道的一點燐光。只是她還不想熄滅。不想就這麼無聲無息。於是她以熟練的手勢滑開手機，螢幕照亮了黑暗中她的臉，世界再次說了聲歡迎光臨。

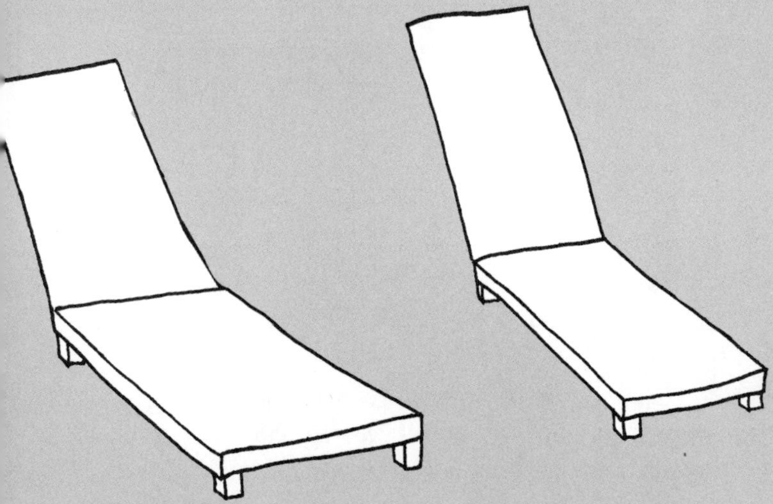

夢中孤島

無邊無際

安記得那年冬天很冷，弄丟了外套，卻遲遲捨不得躲回溫暖的寄宿房間，為的，只不過是和熒再多說一點話。

再兩天就是新年了。十二月底的東京，節慶氣氛濃厚的街道張燈結彩，像千萬隻螢火蟲凝固在燃燒得最燦亮的片刻，噪點般紛亂耀眼。安和朋友們約在新宿一間天花板低矮的小酒吧，年末了，街上行人匆匆，夜晚的縫隙到處塞滿了人，舊曆即將翻頁的興奮與焦躁，像一股芬芳濃重的費洛蒙，在冰冷的空氣裡緩緩推移流動。

應東京友人慶之邀，那一年，安第一次離開臺灣跨年。飛機降落時，她見到底下城市燈火閃爍，是年末東京的冰雪繁華。

慶大學畢業後，到東京念研究所，後來找到了居留辦法，無限期客居下來。慶用兩條厚厚的棉被，為安在狹窄的房間地板上鋪了一張簡單柔軟的小床，安本以為躺地板會影響睡眠品質，沒想到連日以來都睡得十分安穩，即便有時被慶的打呼聲或窗外風的呼嘯聲吵醒，也總在幾秒內毫無窒礙地沉回夢鄉。

慶在東京的朋友們，都是一些為著不同理由，暫時或長期居留下來的臺灣人。他們和慶一樣，一人打好幾份工，卻沒人亮得出一張正式名片，也說不清自己到底在做些什麼，然而即便各有各的困窘與侷促，卻也都還是在生活的亂無章法中，找到了棲身之處。身在這群人之中，安有一種放鬆的熟悉感，她也屬於那種，彷彿到了該為人生負責任的年紀，卻說不出自己是誰、要什麼、能往哪去的人。她只是不知不覺二十九歲了。那一晚，慶的朋友在新宿小酒吧舉辦的文化活動上擺攤，賣臺灣刈包和熱薑茶。人潮擁擠，花花綠綠眼花撩亂，安的鼻頭與臉頰凍得冰冷，掏錢和慶的朋友買了一杯熱薑茶。

「建議妳別買。」一個短髮女生突然出現在安旁邊。

「但我已經買了。」安說。

「很難喝。」短髮女子撇了撇嘴。

「支持朋友囉。」安嘴上若無其事說著，心裡卻對這個女子的唐突生出些微反感。

「我知道有一家更好喝的。」女子說，「要去嗎？」

安轉頭看眼前的女子，想從對方的微笑中判斷她認真的程度。

「安，這是熒，我在語言學校認識的朋友。」慶突然現身，臉因酒精與人群聚集的熱氣而紅亮照人。

既然是慶的朋友，想必不會糟到哪去吧。安喝了一口滾燙的薑茶。果真平淡如水，毫無薑茶該有的衝腦濃勁。

熒看了看安握在手裡的杯子，「沒騙妳吧。」

「真的很難喝。」安忍不住笑了起來，突然注意到熒的下睫毛很長。

快要半夜十二點了，人潮卻沒有稀疏的趨勢，反而一批一批不斷湧入，小酒吧擠滿了人，音樂塞滿了空間，安和熒被一寸一寸往外推，最後兩人不知不覺被擠到冷颼颼的門口。

「我帶妳去買那家薑茶。」熒說。安看了看她的臉，腦裡閃過一個念頭，她想，熒是知道自己長得好看的那種人，只有這種人，才能夠將人與人之間的親暱感如此理所當然地輕拿輕放。「我去拿我的外套。」安說，但朝酒吧深處眺望，發現要回到原本的座位去拿外套，得先擠過滿室塞得水洩不通的人群，想想，還是算了。

「走吧。」安說。她也不知道自己是在急什麼。

兩人離開鬧區，穿過大街小巷，在寒風裡走了很遠的路，說了很多的話。熒告訴安，新年過後，她和男友就要離開東京，移居到男友新公司的所在地，美國洛杉磯。

「妳男友呢？」安問。

「我們今天出門前吵架，他去找他朋友了。」熒說。

走了許多路，手腳活絡起來，安和熒的臉都因血液流動而透散紅暈，體熱浮動，彷彿拉開衣領就會飄出陣陣蒸氣。走了二十幾分鐘，終於到了熒說的那家店，眼前卻店門深鎖，一片漆黑。

「啊，剛剛應該先查營業時間的。」熒笑著說，語氣裡沒有抱歉。

「至少走了路，不冷了。」安的雙眼因冷冽空氣而亮晶晶。

「已經是今年的最後一天了耶。」熒看了看手機螢幕顯示的時間，00:24。她的鼻子呼出一小朵一小朵白雲。

凌晨時分，深夜營業的店家招牌，輻散著鮮豔的霓虹光暈，夜晚罩上一層夢境的質地，所有事物都微微變色、變形，她們彷彿穿越某個時空的漏斗，來到夢裡非常遙遠的地方。街上偶爾有車快速飆過，紅綠燈在夜空下無聲變換，酒醉的年輕人三兩經過，摩天辦公大樓的玻璃窗倒映著夜空。整個城市顯得很安靜，安靜得好像置身在無人的山裡，走起路來都有空谷回音。

「冷知識時間。」縈的聲音像一串風鈴響起。「金魚的記憶力只有三秒，袋鼠不能倒退著往後走，妳猜哪個是真的？」

「什麼？」

「金魚記憶只有三秒，袋鼠不能後退著走，哪個是真的？」

「都說金魚記性很差，妳會這樣問，代表金魚記憶力其實應該很好。那我猜袋鼠那個是真的。」安冷靜推演。

「答對了！」縈拍了拍手。「金魚的記憶可以延續好幾個月，牠們還會認主人喔！」

「妳沒事記這些幹嘛？」一大群吵吵鬧鬧的年輕男子擦身而過，聲響又逐漸在她們身後遠去。

「我很喜歡動物啊。」縈說，「比起人更愛動物。」

「妳對人有什麼偏見？」安笑著問。

「可多了呢。我不懂為什麼大家永遠有這麼多煩惱和抱怨，說來說去，都是人的事情嘛！真無聊。」縈說，「人明明是缺陷那麼多的物種，卻覺得自己是宇宙中心，整天嚴肅討論一些有的沒的，其實人根本沒有那麼偉大好嗎？大家都把自己看得太重要了，問題才那麼多。」縈接著說，「其他動物直接多了。像母螳螂為了肚裡孩子的營養著想，會在交配完的當下直接把公螳螂的頭吃掉！然後也不會有其他螳螂去網路上發起各種公審，說這隻母螳螂怎樣，說這隻公螳螂怎樣。人類真的是太囉唆了。」

安默默聽著，這段幼稚卻可愛的發言讓她禁不住微笑。

兩人經過一棟大樓，熒停下腳步，指著樓頂說，這裡面有家二十四小時營業的澡堂。

「我們去泡澡，解解酒。」熒拉著安的手，向前走去。兩人的體溫在指尖交融，即便只是局部，安也覺得整個人溫暖起來，皮膚表面有些發麻。

凌晨的大眾澡堂幾近空無一人。牆上貼著粉彩色的告示，安看不懂日文，卻還是從漢字拼湊出上面介紹著：「此處的水是溫泉水。」熱水池一半在室內，一半在戶外，入池前得先洗澡淨身。沖澡區像一間大教室那麼寬敞，開放式的蓮蓬頭小澡間一排排平行排列，每一個小澡間配備一面圓形鏡子、一盞散發暖光的圓形壁燈、一瓶洗髮精、一瓶沐浴乳和一張白色的塑膠矮凳。大澡間裡煙霧瀰漫，一個個暈散著柔和光線的圓形壁燈，在水氣氤氳中，彷彿黑暗中一座座夢幻燈塔，敞開懷抱，讓每一具疲憊僵硬的肉體在此停泊靠岸。

安和熒坐在彼此身邊，熒毫不害臊地把身上的白浴巾扯開，當她忙著掛浴巾時，安忍不住偷偷瞥了一眼。熒的身體很小，但是曲線柔和細緻，兩片不大不小的乳房棲息在胸膛上，有一種舒懶的神態，就連她腋下疏鬆的黑色腋毛，都顯得很愉悅自在。安從未在別人面前赤身裸體，於是她一脫下浴巾，便馬上轉開蓮蓬頭，讓噴出的水幕成為一件隱形的衣服遮蓋自己。不過熒並未對安的裸體表現出任何注意或好奇，此時兩人安靜地在彼此身邊洗澡，空氣漸漸盈滿洗髮精與沐浴乳的怡人花香，泡泡水從光滑的腳底板流淌而過。安用力洗了洗發燙的臉，將濕髮從髮際線用力梳到腦後，整個人像剝一層皮般煥然一新。

深夜時分，浴池裡零零星星幾個女人泡在水裡，包括幾個看似是獨自前來的中老年婦女，以及一小群說中文的年輕女子，像是留學生或觀光客。

安浸泡在深綠色的水裡，感受肌膚因滾燙的水而微微發刺，彷彿全身上下正在經歷深層針灸，毒氣從七竅毛孔散逸而出。她滿足地舒了長長的一口氣，感到身體逐漸變輕，胸口逐漸舒展得像平原那樣開闊寬敞。

很長一段時間，安和熒就那樣一語不發，滿足地閉著眼浸泡在彼此身邊，感受因寒冷而凝結的血液，一點一點融化、奔流起來。

浴場裡，各種形狀的女體，在霧氣裡緩慢來去。這些女體，無法單純以「高矮胖瘦」四個字作區分，各人有各人獨特而微妙的組成比例。安想起創世紀故事裡，女媧用泥土把人類捏出來的情節。女媧不是工廠生產線，每個泥人必定無法捏得完全相同，然而無論成品最終以何種曲線、色階與組合面世，本質上都是用泥巴捏出來的，而泥巴各自封存了原生地的風土。泥人在水裡進進出出，變得滑不溜丟，朦朧霧光下反射著細膩光暈，垂的、陷的、皺的、平的、凹凸的、崎嶇的、飽滿的、鬆垮的……從人形幻化成各式各樣的自然地景，攜帶著各自的風霜雨雪、侵蝕沉積，在一汪汪液態寶石質地的浴池裡返璞歸真，身上細密龜裂的傷殘溝壑被一一填平。

安和熒渴望新鮮空氣。她們來到無人的戶外區，在一處低淺的池裡平躺而下，水位平切在她們的耳垂上。頂上夜空乾淨，星星光芒銳利，氣溫極低，安感到她們好像進入了一個太空睡眠艙，浸泡在營養液裡，一覺睡醒，億萬光年奔騰而過。安感到熒的手輕輕勾住了她的手。熒靠了過來，轉過頭，濕濕地吻了一下安的臉頰。幾秒後，安一語不發轉過頭，兩對唇瓣對上，先是輕巧，而後綿長地親吻起來。不知過了多久，熒移開視線，翻身回到原本的平躺位置，安一動也不動，兩人就那樣靜止，浸漬在不冷不熱、彷彿羊水的淺池裡，等待狂亂的心跳平緩下來。什麼都還沒有開始，什麼都已經結束。安沒有問熒和男友去美國後要做什麼，熒也沒有問安日後的去向，兩人只是那樣，靜靜躺在彼此身邊。

從深夜浴場離開時，空氣冰清冷冽，天上輕輕飄下毛毛細雪，城市仍舊一片漆黑，像一大塊被遺忘在回收處理廠冰冷角落的宇宙廢鐵。

「這個送妳，今年最後的禮物。」熒從她一直背著的鬆軟大包包裡，拿出一朵微微被壓扁的淡黃色花朵。

花莖纖細冰涼，像高腳玻璃杯的細長杯腳。安將花湊近鼻子，彷彿大口飲下一口芬芳飲料，清冽花香潑灑滿面。她將那氣味深深吸入肺部，突然想起了時間已晚，心底一陣焦躁痙攣，她多希望能夠回到幾個小時以前，夜晚還年輕的時候，這樣她和熒相處的時間就可以再長一點。熒的短髮翹起一角，眼下浮出黑眼圈，眼神卻仍炯炯發亮，像有魚在清澈的水裡擺尾游動。

「感謝妳帶我出來玩。」安若無其事地說。她的手腳仍因溫泉水而發熱，此時寒風一吹，她才想起她的外套還留在小酒吧裡。但她一點都不在乎，雙腳黏在街道上，眼睛盯著熒，默默將熒此時的形象完完全全印刻在心裡。

「回去小心！」熒的計程車來了，她緊緊抱了安一下，「那我走囉！」

熒那一副小小的身體，沒入計程車後座的陰影中，消失在寂靜城市的街道轉角。

安站在原地，看著天空飄下來的雪，在碰觸地面時翩然消融。

———

義大利炎熱的九月，安在佛羅倫斯機場的書店裡，翻開但丁《神曲》：

「在我們人生旅程的中途，我發現自己身陷黑暗的森林中，筆直清晰的道路已經迷失。」

此時是上午九點多，機場裡旅客熱鬧來去，香水氣味層巒疊嶂，外頭天氣晴朗燦爛，全無但丁煉獄圖的陰森詭譎。

安看了看機場的航班動向螢幕，前往南義海邊城市巴里（Bari）的航班，還要將近一小時才開放登機。安買了杯咖啡，坐在一張靠窗的座位上。前幾日在佛羅倫斯參加朋友的婚禮，連喝了兩天晚上，此時全身浮腫，頭昏腦脹，盼望著一杯濃烈的熱咖啡能夠讓她起死回生。以前安外出尋樂，常常一路喝到凌晨，倒頭胡亂睡個兩小時，還能精神奕奕出門上班。然而今年剛過四十一歲生日的她，已能清楚感知到身體狀態的大不如前。

她看了看手機，連日以來，除了婚禮群組有人分享照片、來回一些對話，此外全無其他消息。

二十歲出頭時，每一次她出國旅行，每到一個機場連上網路，手機馬上就會跳出母親從臺灣傳來問候的訊息。如今在機場與悄無聲息的手機信箱對峙，心底總竄起一股強大的寂寞感。快三年了，她還在習慣母親已經離開了的現實。

宿醉的頭痛在太陽穴猛烈抽動，安算了算上一顆止痛藥的時間，覺得時間間距夠了，便又從包包裡拿出止痛藥，和著咖啡吞下一顆。

在向南飛往巴里的小飛機上，南義的陽光斜斜從窗戶照入機艙，將斜前方旅客折疊桌上的飲料罐照得閃閃發亮。頭痛終於舒緩下來。安感到僵硬的肌肉恢復彈性，枯萎的細胞找回活力，血液順暢奔流在體內錯綜複雜的血管網絡，整個人重新活了過來。她滑開手機，再次確認旅館的位置。巴里這座城鎮位在義大利靴子的鞋跟處，而這間旅館是熒幫安訂的，熒說，旅館就在一個熱鬧的小廣場上，附近到處是餐廳咖啡館，走路五分鐘就能抵達大海。

兩人上一次見面，已是十多年前的事了。跨年前夕的東京雪夜。

東京那夜別過後，兩人雖偶爾訊息聯繫，卻各自忙碌人生大小事，再也沒有見過面。這段時間裡，熒回過臺灣幾次，安也去過美國幾次，兩人卻總是因行程安排無法配合與各種陰錯陽差，一次次錯身而過。

東京一遇後，熒和臺裔美籍男友前往美國，結了婚，落地生根。在那裡，熒偶爾接案賺外快，卻一直沒有正式工作，生活開銷由丈夫負責，自己專注備孕。剛去時，熒曾和安透露，外地生活有些寂寞，總覺得與主流社會有些格格不入，住那麼久了，碰到種族歧視，還是無法心平氣和地面對，總要惱個好幾天才能夠氣消。有陣子，熒和丈夫同事的妻子們組成了人妻團，一起上瑜伽課、吃下午茶、參加彼此的生日派對，但相處久了，小團體的衝突嫌隙不斷，氣氛變得越來越尷尬，於是熒又回到獨來獨往的生活。熒雖然一直積極備孕，卻還是流產了兩次，都是在月份很小的時候發生的。再後來，安再也沒有收到熒懷孕的消息，兩人也很長一段時間沒有聯繫。直到兩年前，兩人重新在網路搭上話，熒告訴安，她離婚了，現在住在美國的親戚家，她說她過得很好，加入一個靈修團體，認識很多新的朋友，每一天都過得很充實快樂。

從零碎的訊息裡，安知道的都只是熒生活事件的約略概要，對藏匿其間的情感與細節一無所知。關於自己的生活，安也沒有絮絮叨叨透露太多，時間久了，許多事情遠看就像一團毛球，一拆便是千絲萬縷，乾脆碰都不碰比較省事。然而此時在密閉機艙中，諸事暫停，安想著熒，想著想著，思緒幽幽繞回了自己。

過去十年，安在一間為了企業形象而設置的藝術基金會工作。資歷深，和老闆關係也熟，數十年如一日的工作做起來得心應手，也有任性的空間，在家辦公或偶爾請個長假也無人過問。十年之間，安進出了兩段關係，兩次都以對方出軌收場，其中一人至今還欠安三十幾萬沒還。和第二任女友分手後，她開始了獨居生活，本來還有隻養了四年的貓相陪，有天貓卻趁隙離家出走，安到處張貼尋貓啟事，卻再無貓的下落，此後她就一直一個人。

後來安開始有失眠多夢的問題，過了下午四點再也無法喝咖啡，並開始對塵蟎產生嚴重的過敏反應。三十七歲時，安開了一次刀，把孕育多年的子宮肌瘤拿出來，血淋淋的十幾公分；出院後請假休養了一陣子，父母都不知道。然後，三年前，媽媽心臟病發，隻字不留地走了。那之後的無數個晚上，安反覆點進她和媽媽的社群聊天室，重新觀賞媽媽曾經傳給她的搞笑影片和迷因圖，一個一個重複點讚。

在那不久後，安開始頻繁地頭痛，做了許多檢查卻查不出任何問題，最後醫師開了焦慮症藥物，安考慮了幾天，一顆藥丸都沒吃，就把整包藥袋丟進了垃圾桶。

媽媽離開後，家裡關係更冷淡了。安家三姐妹，個性原本就不太合，安排行中間，姊姊與妹妹各自結婚後，很少和安聯絡。爸爸更不用說，自從知道安喜歡的是同性以後，對她的態度變得像半個陌生人，看她的眼神裡，總是充滿一言難盡的疑惑與斥責。

十年似乎很長，然而記憶經過人腦加工，被大腦判定為無意義的大量片段，都被刪減排除了，剩下的就像經過剪接的電影，蒙太奇般拼貼成一個看似線性的故事，拿著遙控器前後反覆倒帶、快轉，原以為人生是場盛大熱鬧的嘉年華，沒想到清清淡淡充滿空景，一下子就播完了。

飛機遠離人間，懸浮陽光普照的虛空，引擎轟隆隆運轉，載著安的肉身，往縈的肉身所在逐漸靠近。

這些年來，安總是一而再，再而三地夢見縈，夢裡兩人總是處在這樣懸而未決的狀態中。

她不是不知道，多年前的東京相遇，不過是個平凡無奇的夜晚，而縈的古怪率性，多少也摻雜著一些矯揉造作。但她還是一直夢見她，而夢的結構都似曾相識，只不過是換上了不同的表皮。總是在一個陌生且遙遠的城市，總是身在叢林深處般的夜晚，安在夢裡極度渴望能夠見縈一面，她知道縈就在同一個城市的某個角落，她渾身上下的細胞都像探測器般，敏銳且發痛地感知到縈近在咫尺的存在。然而奇怪的是，無論她怎麼飛車追逐、拚命奔跑都追不上熒，總是在前腳匆匆趕到那一刻，熒的後腳已經倉促離開，空氣裡只剩下一抹莫名所以的冷冽花香。

醒來時，安感到胸膛被大力撕扯開來，裡頭的內臟像彩色玩具般，一個一個寂寞地散落在肋骨之間。

但是，這一次不一樣。安踏踏實實知道，兩個小時以後，她一定會見到熒。

兩週前，安在社群上發文，問有沒有人推薦佛羅倫斯景點，熒看到了，主動聯繫安，說她這個月人在南義參加一場靈修活動，這麼多年不見，佛羅倫斯飛到巴里不過三小時，不如兩人在巴里碰面，同遊幾日，敘敘舊？安考慮不到十分鐘，就改了機票。

此時廣播傳來機長的低沉聲線，再過不久就要著陸，目的地天氣晴朗。

當安終於風塵僕僕抵達巴里，在旅館樓下的露天咖啡座上見到熒的身影時，頓時克制不住地激動起來。這不是夢。過去焦慮最嚴重的那段時間，安有時會分不清夢境與現實的界線，她睜著眼過日常生活，卻覺得自己置身在一個惡夢裡。在那夢的世界中，她被困在一條陰暗生鏽的巨大鐵管，這條管子像飛機的機艙一樣，每隔一段距離就開一扇小窗戶，陽光從窗戶照射進來，窗外風光明媚，供她盡情飽覽，然而她卻無法離開這條管子，無論她往哪個方向看，管子都黑黝黝地無限延伸到永恆，她知道無論往哪個方向走，都沒有出口。此時此刻，她也感覺自己像在做夢，一個明亮的夢境，藍天白雲，陽光燦爛，蜂蜜色的古老建築底下，五顏六色的人群行走來去，臉上都掛著笑容，白色的窗簾隨風輕輕翻動，曬在窄巷半空的民家衣物也輕盈搖擺，空氣裡有海洋淡淡的鹹味，而蔚藍的大海，就在迷宮蜿蜒的小徑盡頭。

咖啡座上的熒看見了安，朝她興奮地揮了揮手。兩人緊緊擁抱，身體接觸之際，安想起多年前也是這樣一個擁抱，她們在東京街頭道別。擁抱將過去與現在串連了起來。

「妳到這邊多久了？」安笑著坐下來。

「兩個多禮拜了！路上還好嗎？」熒睜著眼角略微下垂、雙眼皮變得更深的大眼，目光熱切地盯著安。

「早上宿醉很嚴重，現在好多了。」安向服務生要了一杯熱咖啡。

「妳沒有變很多呢！不像我，這幾年皺紋長好多。」熒下意識用手推了推臉頰的肉。熒的頭髮還是一樣短，甚至比從前更短，她穿著一件寬鬆的藍色上衣，一件寬鬆的白色闊腿長褲，上衣袖口露出來的手臂纖細，皮肉卻出現向下鬆垮的走勢；五官的比例也稍微變了，眼睛大了點，嘴唇闊了點，鼻頭寬了點，整個人多出了成熟的風韻。熒還是漂亮，只不過眉間深深鑿刻著兩條愁紋，使得她圓睜的大眼、臉上的笑容與歡快的語氣，都罩上了一層略微奇異的不協調感。

咖啡送上桌，安和服務生要奶精。熒盯著安把奶精撕開，倒入黑咖啡裡。

「妳知道，這個東西不健康，又很不環保嗎？」熒說。

「妳說這個？」安指了指白色的奶精包裝。

「人工食物對地球和人體造成了很多危害，最好還是少喝一點。」熒邊說，邊把安手邊放滿了奶精的小鐵罐拿起來，放到隔壁的空桌上。

「妳說，妳幫我訂了一個房間，在這附近？」安轉移話題。

「嗯，其實，」熒突然口氣神祕地朝安靠了過去，「我靈修的那個地方有很多房間，從這裡開車過去大概只要半個小時，風景很漂亮。我跟我老師說，妳只在這裡待三天，可不可以讓妳免費借住，拜託了很久，好不容易他們說沒問題！」

「那裡是什麼狀況？我這樣突然去，不會很奇怪嗎？」安有點錯愕。

「不會，大家人都很好，他們都很歡迎新朋友加入，那裡是一個農場，地方很大，妳可以自己睡一間。」熒說，「但我知道這有點突然，房間我還是有幫妳訂，但我住的這個地方，真的很漂亮，我覺得妳就算不過夜，也應該來看一下。」

安想了想，覺得無妨，於是點頭同意，但她要求熒先帶她去原訂的旅館房間放行李。

房間就在露天咖啡廳的樓上，入口在旁邊的小巷子裡，鑰匙收在門旁的鑰匙盒中，輸入民宿老闆給的密碼，就可打開取得。

這是一個挑高的套房，一張白色大床、一張古董木桌、一張木頭椅子、一個白色的簡便衣架，牆邊斜放一面兩人寬的大立鏡，窗臺上有一株綠色植物。安推開落地的木頭百葉窗，陽光與廣場上的人聲笑語頓時如水湧入，在空曠的房間裡產生回音的漣漪。

安在床上攤開行李箱，將一些盥洗用品與乾淨內褲分裝到一個隨身帆布袋裡，以免今晚她決定在熒的大農場過夜。

收拾整裝完畢，兩人再次出門。這個城鎮靠海，盛產海鮮，兩人走走停停，最後在小巷一間餐館坐下。熒從袋子裡拿出一包酒精擦，仔仔細細把桌子擦了兩遍。安叫了海鮮拼盤和一杯白酒，熒什麼都沒點，只是看著安吃。

「妳不吃嗎？」安用叉子叉起一隻炸蝦。

「不了。這個炸的對身體很不好。」

「偶爾吃沒關係吧？」安說。

「現在海洋污染很嚴重，海鮮可能都有重金屬污染。」熒皺眉看著桌上的食物。安注意到從見面開始，熒的雙手就無時無刻忙碌著，時而握緊拳頭，時而磨搓手指，像是想要粉碎或揉爛手裡的什麼。

「考妳一題，」安突然說，「妳猜地瓜的祖先是誰？」

「什麼？」熒困惑皺眉，對這天外飛來的問題感到錯愕。

「地瓜的祖先是誰。」安再說一次。

熒聳聳肩，「誰？」

「不猜一下？」安挑起眉。

「直接說啦。」熒忍著不耐煩。

「是……牽牛花。」安公布答案。

「是喔！」熒禮貌笑了一下。

安自討沒趣，低頭把盤裡最後一口食物吃完。傍晚的風徐徐吹起。「我們走吧！老師他們準備了晚餐，邀請妳也一起加入。」熒邊說邊急切站起，彷彿按捺著等了許久，終於可以回到心心念念的農場去。兩人跳上熒開來的車，在夜幕漸漸降下的丘陵間行駛，溫暖的風從半開的車窗吹進來。

「妳和前夫，還在聯絡嗎？」安撇過頭問。

「沒聯絡了。他連我之前開刀都沒出現。」熒輕蔑地笑了聲。

「開刀？開什麼刀？」這件事，倒是第一次聽熒說。

「我幾年前得子宮頸癌。」熒感受到安的驚訝與關切眼神，馬上又說：「現在狀況有控制住了，只需要定期回診檢查。」

安一時不知該說什麼，最後乾乾地吐出：「有控制就好。」

「其實，我覺得生病這件事，對我來說是一個人生的轉捩點。」熒的聲音突然變得很柔軟，「因為生病，我學會了很多事情，我覺得自己以前好像都懵懵懂懂的，完全不知道自己在做什麼。」

「妳覺得現在和以前差異最大的是什麼？」安問。

「很多啊，例如，以前東西都亂吃，想熬夜就熬夜，想喝酒就喝酒，後來我才發現，其實世上很多東西都是毒藥，我們卻那樣不知不覺一直在荼毒自己。還有，妳知道長期負面的情緒會讓人生病嗎？我前夫脾氣很差，跟他在一起真的很痛苦，但我以前覺得忍忍就過去了，沒想到就這樣忍出一身病來。」安注意到，熒握著方向盤的手抓得很緊，手指骨從鬆而薄的表皮凸出來。

「那妳現在心情還好嗎？」

「很棒啊。我的老師和同伴這幾年幫了我很多，有什麼事都陪在我身邊，我覺得根本比我家人還愛我。我覺得妳一定會喜歡他們的。」熒轉過頭，對安露出篤定的微笑。

暮色四合之際，她們抵達了那座大農場。空氣裡充滿了乾燥塵土、馬匹、稻草和動物糞便的混濁氣味。

農場大廳燈火明亮，安和熒一走進去，好幾張面孔同時轉過來，此起彼落和她們打招呼。一個身高約莫一百九十公分的高挑男子出現，他穿著一身寬鬆的白色亞麻衣裝，腳踩一雙黑色的夾腳棉布涼鞋，絲滑的黑色長髮朝後梳成一個包頭，彷彿從古希臘電視劇裡走出來的演員。男子皮膚光滑，濃眉大眼，長了一張英俊的混血面孔，看不出確切的族裔，也看不太出年齡，渾身上下散發一股明星的氣勢。

「妳好，歡迎妳來。我是Sol。」男子用力握了握安的手。

「Sol，是西班牙文的『太陽』嗎？」安問。

「沒錯。妳很厲害喔！」Sol說。

「你應該就是熒的老師吧？」安語氣友善地問。

「我就是。」Sol燦笑著，露出一口白牙。「妳可以加我IG，上面有我和我們靈修課程的介紹，如果以後有興趣歡迎妳加入。很高興認識妳喔。」

安馬上拿出手機，搜尋了Sol的帳號，不得了，粉絲人數四十八萬。在Sol和熒的注視下，安按下了追蹤。

晚餐即將開席，人們陸續入座。長桌上，放了幾瓶農場主人釀造的紅酒，全素的熱湯、沙拉、麵條、小菜裝在大盤大鍋裡，供眾人自行分食。現場約莫三十人，性別年齡摻雜。「妳有什麼不吃的、過敏的，有什麼慢性病，或是現在身體有什麼狀況嗎？」一個穿著紫色寬鬆長洋裝，看著有點年紀，肌肉卻練得非常緊實的女子走過來，手輕輕放在安的肩膀上問。

「都沒有。」安微笑著說。

等眾人坐定，桌首的Sol清了清喉嚨：「大家牽起手，讓我們一起感謝天地為我們帶來這豐盛的一餐，感謝桌上所有的食物，經過我們的身體，成為我們的能量，提供營養療癒我們，讓我們成為宇宙大循環的一部分。」附和的聲音在餐桌上此起彼落。

「開動吧！」Sol宣布。屋頂下漫起刀叉杯盤碰撞的交響。

「那個人是誰？」安注意到Sol的旁邊，坐著一個美若天仙、高挑纖瘦，有著一頭深棕色大捲髮的白皙女子。

「那是Luna，Sol的妻子。她是巴西人，以前當過模特兒。」熒邊喝湯邊說。

「她怎麼看起來像青少女？」安說。

「我記得她好像二十三、四歲吧。妳不要看人家年紀小，Luna其實是一個很有智慧的人，她和老師完全是絕配。」熒彷彿在談論偶像般，朝Sol和Luna投出崇拜的眼光。

「所以你們平常都在做什麼？」安掃視著餐桌上的其他人。

「打坐、煮飯、瑜伽、團體課程，都有啊。」熒喝完了湯，開始津津有味地吃起沙拉。

「你們這個團體是一直在義大利嗎？」安忍不住又朝Sol與Luna看了看。Luna非常蒼白，即便從這麼遠的距離，安都能清楚看見Luna皮膚底下青紫色的血管。

「不是，我們在洛杉磯有一個固定的教室，但老師說義大利這裡有一個很好的能量場，所以才帶我們這些比較親近的學生，到這邊來修行一個月。」熒說。「到這裡，要花不少錢吧？」安環顧四周。「以我們交的月費，綽綽有餘了。」熒驕傲地微笑。有人舉起杯子乾杯，熒和安也連忙舉杯。

桌上杯盤漸空，酒水也紛紛見底，空氣裡瀰漫一股酒足飯飽的慵懶氣氛。安感到一股睡意襲來，正盤算著是不是要到分配給她的房間小睡一會，坐在桌首的Sol突然宏亮開口：「各位！吃飽了嗎？休息夠了嗎？讓我們開始移動腳步，到活動廳集合吧！」桌邊眾人紛紛拉開椅子起身，動作一致到像訓練過似的。

「我們要幹嘛?」跟著人群移動，安不知道自己為什麼要低聲說話。

「跟著來就對了。」熒說。

挑高的大房間裡，眾人圍成一圈坐了下來。安注意到屋裡的蒼蠅很多，而且每一隻都很大，振翅的聲響轟隆隆的，像山崩地裂般震天價響。她轉頭望向頭頂燈光，驚訝地發現，燈光像章魚觸手般活了過來，朝著她張牙舞爪、扭曲舞動。安轉頭看熒，熒也轉頭定定回望著她，那凝視有一種說不出來的怪異，安全身寒毛豎起，再定睛細看，安發現熒的瞳孔放得很大很大，像卡通人物那樣朦朧夢幻。幾秒後，安終於意會過來。

「不要怕，分量老師都算好的，妳跟著大家一起不會有事的。」熒緊緊握了握安的手。她們身邊的人聽到了，也熱心地湊過來。「不要怕，沒事的。」一個滿臉痘疤的女人緊緊摟了摟安的肩膀。「我們都在這裡。」另一個眼睛水汪汪凸出來、骨瘦如柴的年輕男孩在安的耳邊輕聲說。

安推測方才的酒水裡，多半摻雜了某種少量的迷幻藥。安對迷幻藥並非沒有經驗，只是熒事先毫無警告或知會，安覺得自己應該要害怕、要生氣的，但奇怪的是，此時的她卻覺得心緒激昂、無所畏懼、渾身帶勁，甚至滿心期待接下來要發生的事情。

「我們痛苦，是因為我們戴著不屬於自己的面具。」Sol站在圓圈的中心，房間正中央的燈光打在他頎長的身形上，安感到Sol低沉的聲波一道一道傳過來，震撼且穿越著她的身體。

「這些面具，不是與生俱來的，而是後天被這個社會、被我們的父母、甚至是我們自己戴上的。為什麼要面具？因為面具讓你能夠被看見、被認可、被歸納，讓你在這個社會上感到安全。但是，每一種面具都是一種角色扮演，真實的你和演戲的你，想要的、恐懼的、希望的、排斥的，可能都互相存在著矛盾。當矛盾出現時，很多時候，你會因為害怕被嘲笑、被賤斥或被指責，於是對真實的自我需求視而不見，壓抑自己，於是你學會說謊，學會自欺欺人，離真我越來越遠，也離宇宙真相越來越遠。」

Sol在人群之中緩慢走動，輪流和不同人對上眼。「但是，如果我們依賴虛假的面具過活，便是活在謊言之中。你會為了一個謊，而不斷編造其他的謊。你以為你努力追求的，是你真正想要的，你以為只要扮演好自己的角色，獲得了旁人的讚賞，你就會快樂，就會成功。但是當我們千辛萬苦終於得到自己要的了，卻發現，還是不快樂、不滿足。真正的原因，是因為你從來都沒有摘下過面具，誠實面對自己內心真正的課題。你敢看見真實的自己嗎？你敢看見宇宙的實相嗎？你敢在眾人面前揭下偽裝嗎？只有我們準備好了，宇宙才會開始向我們揭示智慧，我們才能走上正道，獲得啟示，得到真正的快樂與幸福。」

Sol停下腳步。在他腳邊，那位穿著紫色洋裝、晚餐前曾和安確認過身體狀況的女人，正睜大著雙眼，用一種乞求的目光朝上盯著Sol。

「而我們之所以在這裡，是因為，我們都是勇士，我們決定跨出最困難的那一關，坦承面對真實的自我，揭下臉上的面具，而我們今天也準備好，再一次看見真實的彼此，接受真實的彼此，讚頌真實的彼此。」Sol輕輕觸摸紫衣女子的頭頂，「Vega，今天就先從妳開始吧？」

紫衣女子站起身，緩步走到圓圈的中央，像是舞臺劇演員走進舞臺燈光。在地板上坐定後，Vega發出沙啞的聲音：「大家都知道我兒子已經十九歲，以前我一直以為只要他長大一點，他的那一些問題就會改善，但我發現什麼都沒變，我從沒想像過一個小孩竟然可以自私到這種程度，他前幾天竟然跟我說，我沒經過他的同意就把他生下來，所以我就應該養他一輩子。當下我腦子裡一直有個聲音，一直在說『去死』。我希望我兒子去死。以前大家都說生小孩是最美好的事，但是我犧牲得太多了，超乎想像得多，我一直非常後悔把他生下來，他痛苦，我也痛苦。」

「爛人！」

「報應！」

人群中，爆出此起彼落的咒罵聲。但是Vega不為所動，繼續說下去：

「還有我爸，他一直對著鏡子說話，他已經認不出鏡子裡的人是他自己了。醫生說得老人癡呆，再活也活不了幾年，但我真的快要受不了了，整天把屎把尿，餵飯一餵就是好幾個小時，我感覺很差，但我真的希望他可以快點死掉，這樣我們家經濟負擔也不會那麼大。他根本就已經不是我爸了。」

「忘恩負義！」

「下地獄！」

安此時感到藥效正在登峰，耳朵嗡嗡嗚嗚的，無法專心聽完一整個句子，但她知道女人又說了些什麼，人群越來越激動，咒罵與咆哮四面八方響起。安轉頭，看見熒的臉變了一個模樣，以黑洞般不斷開闔的口腔為中心，整張臉漩渦般朝內扭轉，摺疊出一面融合了狂嚎與暴怒的駭人面具。安目不轉睛地看著熒，她突然發現自見到熒以來，一直隱隱約約感受到的怪異感從何而來。熒擁有一雙木偶的眼睛，擁有這種木偶眼睛的人，眼神平面而膚淺，裡頭一片死寂黑暗，沒有光從那裡出來，眼球表面只會死死反射外界的光線。那種眼睛看著像人卻不像真人，散發一種恐怖谷氛圍，令人不寒而慄。

「來吧。」Sol點名人群中另一個女子。

女子站起身走到Vega面前，下一秒，清清脆脆打了Vega一巴掌。Vega的身體因衝擊力而偏向一邊，卻又忍辱負重地正襟危坐回來。Sol又點名了幾個人，他們站起身，一一上前，有的對Vega狠吐口水，有的在她耳邊大聲咆哮，有的踢了她一腳。安聽見人們體腔內血液沸騰的聲音，空氣裡有槍上膛，箭在弦上，一發一發，命中紅心。

「妳是什麼？」Sol問Vega，聲音聽起來異常清晰平靜。

「我是一個自私自利、惡毒、不配為人母的女人。」Vega回答的聲音篤定且平靜。

「妳戴著哪些面具？」Sol又問。

「我假裝是好媽媽，好女兒。」Vega回答。

「妳看見真實的妳自己了嗎？」Sol的話語雷聲隆隆，彷彿從天庭傳下來。

「我看見了。」

「妳願意接納自身的不足、超越自己的虛偽、戰勝內心的恐懼，跟著我們大家，一起繼續在修行之路上前進，讓自己越來越好，直到那些負面聲音消聲匿跡嗎？」

「我願意。」Vega激動地說。

「願妳平安。」Sol輕輕摸了一下Vega的頭頂。

全場爆發掌聲。

Vega笑容滿面站了起來，手腳卻有些顫抖。她走回原本的座位，身邊方才還對著她齜牙咧嘴的人，此時全都朝她露出燦爛笑容，摸著她的手和背，紛紛拋出「做得好」、「妳很勇敢」、「接下來會更好」的讚許。

Sol在人群中走動，繼續點名。被揀選的人，一個一個走到人群中央，當眾說出最見不得人的祕密、最脆弱不安的感受、最深邃可怖的恐懼，而人群不留情面地咒罵抨擊，將彼此臉上的「面具」撕毀，踩碎，踏成爛泥。被審判的人彷彿赤身裸體站在所有人面前，有的瑟瑟發抖，有的昂首挺胸，都在Sol的扶持與人群的鼓勵聲中，如浴火鳳凰般再一次重生。人群裡，有人大口大口喘著氣，有人額頭與背脊汗如雨下，有人蜷縮在地上低聲哭泣。

輪到了熒。熒走到人群中央，在安還沒準備好前，便開了口。「我最近都沒辦法看新聞，家裡電視的電線都拔掉了，最近世界實在是太亂，看新聞我會受不了。我覺得自己好膽小。我還是很怕我的身體。我覺得身體裡藏著一顆未爆彈，甚至這幾天走在路上，看到醫院和診所，我還是會忍不住繞路，不敢走過去，害怕經過就會沾上厄運。我一直覺得我的癌症會復發。我怕死。我不想死。但我每天眼睛一睜開想的就是死。這感覺實在是太痛苦了。」熒說著說著，流下了眼淚。

「懦夫！」

「神經病！」

「前幾天我真的太害怕了，忍不住打電話給我前夫，但他接起來第一句話竟然是罵我騷擾他。都已經這麼久了，他還是這樣。當年我外遇，難道他沒有錯嗎？結婚十幾年，他碰我的次數十根手指數得出來，我跟他要，他還說我噁心。我能怎麼做？我只能去找其他人。其實我要的根本不是性愛，我圖的不過是被人抱著的那種感覺……」此時此刻，熒雖然近在咫尺，安卻覺得她離自己很遠，恍惚覺得那是前世遇見過的一個人，這一世再相見，外型容貌相似，靈魂卻已不同。

「蕩婦！」

「婊子！」

「下賤！」

安感到頭暈目眩，胸口推擠著打架的情緒，她知道接下來會發生什麼事，接下來，其他人會走到熒身邊，推她、打她、罵她，而熒臉上會是殉道者般神聖堅忍的神情，鼻涕口水血淚齊流。安不想看到這個畫面，反胃感一陣陣襲來，忍無可忍之際，她站起身，踉蹌離開大房間。

安穿堂過室，偌大的大廳、廚房、走廊、餐室燈火通明卻空無一人。安心臟突突狂跳，像一顆被用力上下拍打的皮球。牆壁不斷從四面八方壓迫過來，安忍不住小跑起來，一路逃到戶外，直到呼吸到夜晚涼爽的空氣，繃緊的神經才終於慢慢鬆

弛下來。

月光皎潔，她恍惚沿著農場建築物外牆走著，轉個彎，一座散發著藍光的長方形泳池映入眼簾，幽幽漂浮在黑暗中。池邊散放了幾張藤椅，安選了一張坐進去。她在那裡坐了很久，感到迷幻藥藥效最強烈的階段已經緩緩過去。眼前的事物，仍在輕微地顫抖、蠕動、漣漪，此時的她感到夜風柔情似水，思緒無比清明。

安從外套口袋拿出手機，進入社群媒體，點開Sol的個人頁面。四十八萬粉絲。每一則貼文都是Sol的照片。這一張，Sol眼睛閉著，雙手合十，嘴角帶著淺笑，臉部線條流暢剛毅，英俊得不可思議。另一張，Sol穿著一件寬鬆的白色長袍，抱著一隻黃金獵犬，朝著鏡頭露出招牌的白牙燦笑。下一張，是Sol的打坐身影，神情安祥，背景是修圖軟體P上去的宇宙銀河系。

四十八萬粉絲，每一則貼文卻都只有寥寥數讚。安饒富興味地輕哼一聲。

安就在那椅子上坐著，盯著藍色水波輕輕蕩漾，靜靜等待，直到眼前事物不再躁動，她才慢慢起身，走回屋裡。

人們仍聚集在那大房間裡，只是揭露大會似乎結束了，現場氣氛一片安詳柔和，人們三三兩兩倒在地上，依偎摟抱在一起，手指輕輕撫弄彼此的頭髮，指甲輕刮過彼此的背部，燈光似乎比剛才還要暗，氣氛說不出的曖昧。Sol、Luna與一個矮小的金髮女子抱在一起，見安出現，那金髮女子緩緩起身，朝安走過來。

「妳好，我是Venus。妳是熒的朋友對吧？妳還好嗎？剛剛看到妳中途離席。」金髮女人說。

「我沒事。」

「熒跟我們說，妳之前也參加過這樣的活動。」Venus的視線緊緊盯著安。

安懶得回答，目光自顧自遊走，終於看到了熒，她正安穩躺在一個女人的懷裡。

「我們這裡都是自願的，大家都很清楚自己在做什麼。」Venus語氣急迫地說。安沒有回應Venus的話，轉身朝熒的方向走去。「熒，」安推了推熒鬆軟的肩膀，「我想回去了。車鑰匙給我，妳明天早上再找人開車到我那裡。」

熒看著安，那雙眼睛曾像兩汪清澈活水，如今卻成了死氣沉沉的硬木表面。

「鑰匙在我包包裡。」熒說。

安起身，回到晚飯的餐室，在熒的座位上找到包包，撈出鑰匙。

外頭夜空清澈，安踩著碎石子路走向車子，空氣漫起青草與泥土的氣味，停車場中央一座乾涸的噴泉裡，雜草隨風搖曳，一隻幼貓從中竄出，飛跑到不遠處的陰影裡。腳步聲在身後響起，安回頭，看見熒朝她走過來。

兩人站在車子旁邊，一時不知該說些什麼。

「妳還好嗎？」熒終於開口，語氣怯怯的。

「不好。妳知道妳做了什麼嗎？」安說。

「我只是覺得這對妳會有幫助。如果妳願意放開心胸，就會知道我是好意的。」說著說著，熒的聲音不自覺大了起來。

「妳根本不認識我。我也根本不認識妳。」安一直不了解，為什麼過去數十年，自己會一直夢見一個在現實生活中幾乎毫無交集的人，這一刻她突然懂了，那年東京雪夜，她動了心，而無疾而終的結局，給了她塑造理想愛情的無限可能。她魂牽夢縈的，只不過是一個腦中的魅影，只要不去確認求證，那迷人的魅影就會一直存在，熒也會一直是那永恆的精神目的地。安曾聽過一個都市傳說，在這世上，有一個和我們長得一模一樣的人，平時各自生活，相安無事，但只要我們在現實中見到自己的分身，死期就不遠了。幻想的熒見到了真實的熒，又或是幻想的安見到了真實的安，自相矛盾，玉石俱焚。

「那是因為妳根本不想被認識。妳根本不願意看到真相。」熒義正辭嚴地說。安感到一股火氣湧上。

什麼是真相？過去每到生命懸而未決的時刻，她也反覆問過自己這個問題。追求真相，渴望的其實是意義。一種讓受苦的存在正當合理的解釋。

一次又一次，安發現自己困在那條兩端皆無出口、綿延到無限遠的黑暗鐵管裡，繽紛駁雜的萬物在窗外飛速掠過，而她只是一個身在暗處的旁觀者。

這些年來，她就這麼旁觀著自己與身邊的其他人。每個人似乎都在追逐著什麼或不追逐著什麼，彷彿內心有一個關於人生意義的確切答案。但到頭來，無論腳步是快是慢，擁有的是多是少，最終抵達處是近是遠，他們發現快樂總是稍縱即逝。那些追逐或不追逐，不過是永恆的開放性傷口上，暫時敷上的止痛藥布。他們並不是不知道，而是隱隱約約早已知曉，卻逃著繞著編造著謊言，不想承認與面對。那生死疲勞的痛苦如此巨大，就連所謂「終極真相的追尋」，或許不過是一個人無法與身而為人的事實和解的自戀追求。彷彿託付於某個超自然、超人類的高大上存有，便也能超越血肉之身，脫離命運框架，成為自然食物鏈以外的存在，在一個永遠不會有確切答案的追尋中，假裝自己仍保有能動性與希望。

所謂的真相，所謂的醒過來，或許不過是放下所有的幻想與虛構，撕除所有想像創造的止痛藥布，赤身裸體走進那未知的荒原。

安不發一語。清遠的鳥啼劃破夜空，兩人這才發現，遠方的天空已經漸變成柔和的粉彩色，四下清冷，黎明就要來了。「我還是載妳回去吧。」熒邊說，邊拉開了駕駛座的車門。

清晨的丘陵寂靜，名為太陽的恆星發散著光，溫柔而輝煌地照亮大地上的樹木、房屋和蜿蜒的馬路。一片祥和的寧靜中，安想起讀過的某篇報導，往後的六十幾億年間，太陽會不斷膨脹變大，慢慢長成一顆發炎臃腫的紅巨星，最終將地球吞噬毀滅。

太陽也會消逝。

安想起多年前在東京與熒相遇的那一晚，記憶模糊而遙遠，彷彿時空錯置，好像那時的她們，早已趕在太陽系滅亡前抵達了外星殖民地，在營養水池裡舔舐著彼此的疲憊與傷痕。而此時沐浴在南義晨光下的她們，倒退在時間線上滅亡尚未發生的節點，馳騁在傳說中的地球表面，渾然不覺自己將是洪荒宇宙間，那少數見識過地球曾經面貌的稀有物種。在她們之前，也曾有過那麼多曾經存在、如今滅絕的生物，以各自獨特的面貌與心智，徜徉在寂寞的無邊孤島中。

車子停在旅館附近的海堤大道上。此時天已大亮，海浪的聲音盈滿車廂。下車前，安看著熒，兩人心底都知曉，再也不會見到彼此了。

「保重。」安傾身向前，抱了抱熒。熒也用力抱緊了安。

早晨的海清澈蔚藍，白色海鳥在空中無聲滑翔。安沿著海堤走，海風吹亂了她的頭髮，她的下腹部一陣悶痛，預示著下一次月經很快就要來了。安拐進一條街，在蟻窩般的彎曲小巷裡穿梭，她看不見風，風卻無處不在，白色窗簾輕輕翻飛，桌巾一角規律掀動，晾曬半空的衣裳前後搖曳，某人看到一半的書翻過了一面。

回到陰涼的旅館房間，安脫光了衣服，到浴室沖了一場熱水澡，洗去一身農場的氣味。躺進柔軟的床上時，外頭已然朝氣蓬勃，光線從百葉窗曬進來，在棉被上形成一條條浮動的光斑。在黑暗的房間裡，靜靜聽著樓底下嘈雜熱鬧的市聲人語，安只要走下階梯，推開大門，便會成為世間活物的一份子，然而她只是躺在床上，遠觀一場不屬於她的人間派對。她閉上一夜未眠的疲憊雙眼，等待著沉入夢鄉，然而在萬物即將消融之際，她驚詫記起，自己已經無夢可做。

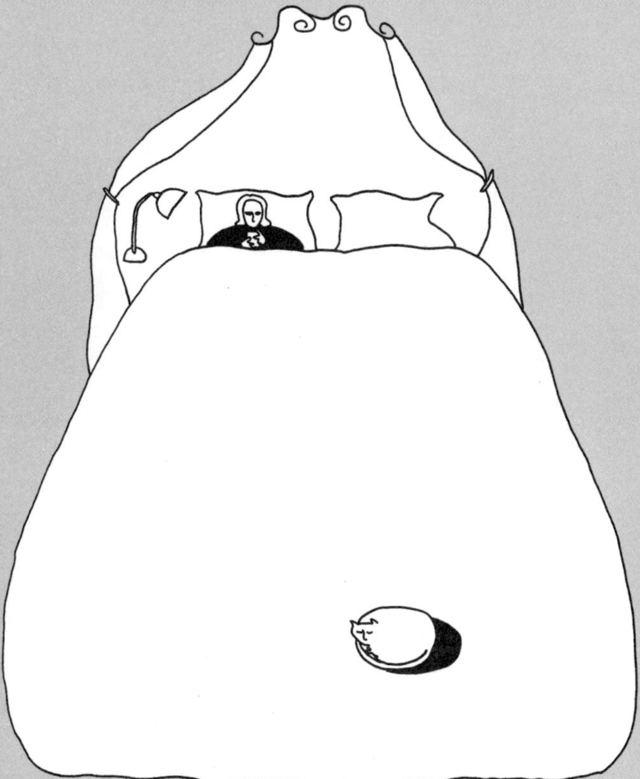

夏季不值得

傷筋動骨

「今天是夏至。」他微微偏過頭，對躺在身邊剛醒的她說。

她總覺得，夏至就像人聲嘈雜中被所有人漏聽的一則笑話。新季節的來臨，嶄新的起始，重新洗牌的希望，似乎值得一場盛大的慶典，然而所有人都只是像他那樣淡淡說一句，「今天是夏至。」好像在說「幫我抽一張衛生紙」、「褲子拉鍊沒拉」、「幫我買杯飲料」那樣無關緊要的話，出口瞬間便拋諸腦後。於是她只能將「夏至」二字在她腦中擦亮的一小團火光，捧在手掌心獨自摩挲，彷彿懷藏一個無人知曉的珍貴祕密。

在這陰暗的冷氣房裡，夏日的光線被厚重窗簾密不透風地阻擋在外，裡面的人看不見，外面的也看不進來。反正她是討厭光的。她不期盼白天的到來，就像她畏懼夏日的抵達——燦爛陽光，出遊旅行、大笑奔跑的好日子，屬於那些可見光人事物的領地，不屬於她這個長期蟄伏在陰影之中的存在。她從來沒有開口問個清楚，但是她明白知道，在他的世界裡，他把她安置在月球的陰暗面，沒有人見得到的那一面。

出了這個房間，他們只能透過太空通訊隔空聯繫。

就像《星際效應》那部電影，演男主角的馬修．麥康納（Matthew McConaughey）在太空艙裡，看著窄小螢幕光影幽幽播放兒女從遙遠地球傳來的影像訊息。天上數日，地上百年。彷彿活在另一個平行時空的孩子們，突然間長成了滿腹心事的大人。訊息來得太晚，情感對不上頻，大量人生事件消失在橫亙於彼此之間的時空黑洞，勉強對接上的，不過是碩果僅存的畸零碎片。沒說出口的話語，沒能展現的感情，無從解釋的生活種種，或許從很早以前，就已朝著彼此的反方向飛速離去。

手機是她與他對接的太空艙螢幕。她看見他和一群朋友在某家餐廳大合照，桌上散落大量喝空的酒瓶和骯髒的碗盤，所有人的笑容都飽脹著微醺的亮紅色。那家餐廳離她住的地方走路只要五分鐘，她彷彿只要閉上眼睛仔細聆聽，就能聽見那一頭的歡聲笑語。她在別人的社群頁面上，看到他和幾個朋友去外縣市爬山、露營、溯溪的照片，五天四夜的大行程，她卻從來沒有聽他提起過。有時候她會看見一些新的女性名字，出現在他社群貼文上的按讚名單裡。點進去看，大部分都是鎖住的私人帳號，頭貼卻都爭妍著暗潮洶湧的女性魅力，她會截圖放大，盯著那像素模糊的照片，試著分析出一點線索，直到眼神失焦。

新竹的夏天在她眼裡，無論是陰是晴，永遠都是空曠如洗、幾近過曝的亮白色。她的公寓遠離市中心，位在一條安靜的斜坡上。老舊的民宅沿著山丘一排排蓋上去，主街上只有一家粗糙簡便的小吃店，每天都是一個臉皮鬆垮，眼神卻異常警醒的阿姨在顧店，總是一個人煮湯、舀菜、收銀、擦桌子。她從來沒見到任何看起來像丈夫、兒女或幫傭之類的人物。大中午，角落牆上的電視播放著新聞頻道，輪播著車禍衝突、名人醜聞與民生消息。客人零零星星，大部分只是外帶，而不入座。白鐵桌椅在正午炙烈的陽光照射下，晃動著銳利如金屬刀鋒的光線，她眨眨眼，移動腳步，躲到有影子遮蔽的地方，溫馴等待著阿姨把她的便當打包好。

小吃店的雞肉便當嚐起來淡而無味，讓她切實體驗到什麼叫做味同嚼蠟，但她還是幾乎天天去那裡外帶便當。有時候想換口味，就買餛飩湯麵。她不追求食物的美味，太豐腴、太濃郁、太肥滿的，會打壞她簡單清瘦的生活平衡，就像將盛大辦桌後的油膩剩菜倒入窄小細瘦的水槽排水管，油脂會凝固，殘羹會結塊，造成嚴重堵塞與消化不良。

她是一個質地粗糙、乾燥、近乎無色無味，但靠近細聞，卻會嗅到一股淡淡鐵鏽生味的人形存在。

她從來都承受不了生活中太過盛大浮誇的事物，節日慶典、米其林餐廳、名牌珠寶、父慈子孝、至死不渝的承諾，是一塊又一塊油滋滋的肥肉，散發腥味，觸感黏糊，光是想像，她就反胃作嘔。

她在大城市出生，卻一直受不了大城市的生活。某個週末她回臺北，去信義區辦事，路上看到好多衣著時髦的人，拎著購物袋、握著冰咖啡、牽著某人的手、踏著輕盈步伐走過，每個人的臉部線條都刻畫著某種形式的篤定，一個穿著緊身運動服的年輕女子與高采烈講著電話，挾帶著濃烈香水味如一陣旋風與她擦身而過，只差那麼一點點就會撞到她的肩膀。傍晚坐在回程的客運上，她發現自己非常憤怒，之所以在氣什麼她也說不清楚，只覺得所有人類都討厭到了極點。

所以選擇研究所時，她以一種表面追求清淨，實則自我放逐的欲望，讓自己遠離龐大虛榮、嘈雜黏膩的城市，一個人到新竹一處遠離校區的老社區住下來。

這個社區彷彿她前世的出生地，在這裡，她感到回歸子宮羊水般的舒適安定。這裡沒有高樓大廈，沒有潮流店舖，陽光日日曝曬著淺灰色的馬路，蒸散出一股老舊柏油的礦物味道。雜草從街上大大小小的縫隙長出來，地上總是莫名其妙散落著深色的玻璃碎片，從來沒見過任何人拿掃把出來收拾，但每隔一段時間，那些碎片就會自動消失不見，或許是夜晚被風城的強風一路颳去了世界的邊緣。

她的房東是一個七十幾歲的老阿嬤，丈夫幾年前因為攝護腺癌加憂鬱症，久病厭世，自殺走了。兒子開修車行，單身無子，生活規律，和老媽媽住一起，每天都回家吃晚飯。阿嬤很和善，臉上總是掛著微笑，但話很少，交屋時只交代了她水電表在哪裡、確認房租每個月幾號匯款、提醒她不可以養貓養狗，然後從那天以後就再也沒出現過。她甚至從來沒有在路上巧遇過阿嬤，好像阿嬤就這樣把一個套房託付給了她這個陌生人。

只是倒也真的沒什麼需要聯繫的。她租的房間在一棟三層老公寓的一樓，數間套房的其中一間，加浴室約三坪大小，地板是平滑的白色磁磚，隱隱透著涼氣。房裡有一扇對外窗，每天早上明亮的晨光都會照進房間，蒼蠅如夢囈般盤繞在頭邊嗡嗡作響，半夢半醒間，她總覺得窗外的朦朧白光來自上古世界；她曾在哪裡讀到，在地球漫長的歷史間，曾有數百萬年的時光，洗刷萬物的滂沱大雨一天都沒有停過。一張單人床、一個木頭貼皮衣櫃、一組書桌椅，還有淋浴間地上幾個瓶瓶罐罐，就這些生活道具，組成了她在新竹的研究生生活。

她不是不知道學校可以抽宿舍，但她受不了一群人像蜂群般擠在一起，輪流在同一間廁所大小便、同一臺洗衣機洗內褲、同一片空氣不斷吸吐彼此廢氣的黏稠感。所幸新竹這一帶租屋不貴，臺北的一半不到，換來的是遺世獨立的大片陽光空氣水，於她而言是美夢成真。

如此隱士生活，本來她以為，可以就這樣把一輩子過完的。

最近她在讀一篇越戰背景的虛構小說集，故事主角是一個天性純良的美妙少女，面對戰火四面埋伏的進逼，她節節退入幽深叢林，最後被殘酷的生存現實磨練成一名浴血戰士。再次於眾人眼前現身時，她的脖子上掛了一大串人類舌頭裝飾而成的項鍊，文明的樣態已全數褪盡，疲憊蒼老的眼神裡閃爍著野蠻嗜血，再也回不去曾經。她一直認為，生命的進程只能前進，無法倒退；已知的不能再被忘掉，已體驗的不能再反體驗。但會不會，有些看似「後退」的步伐，實際上是一種回歸本質的「前進」？或許她心底一直都知道，所以一直以來她才那麼小心翼翼。沒有開始就沒有結束，從未擁有就無法失去。然而很多事情還是像故事裡追捕少女的熊熊戰火那樣，終究還是追上了她。

所以現在，她躺在這個陰暗房間的床上，一動不動，聽著那男人說：「今天是夏至。」

有時候他們在校園裡巧遇。其實他們巧遇的次數非常少，少到她常懷疑是不是他在刻意避開她。但是迎頭撞上的時候，他也只能硬著頭皮、客客氣氣和她打招呼。

「嗨！」她說。

「嗨！」他擠出一個友善卻疏離的笑容。

「等下要上課？」她問。

「恩……再見。」然後他便跨大步走掉。

有時候她疑心，會不會根本是自己記錯人了。那個前幾天還在陰暗房間裡，軟綿綿躺在床上，在她細如幼獸的舔舐之下脆弱呻吟，卻怎麼都硬不起來的他，會不會根本不是眼前這個相貌堂堂、步伐開闊的男人，而是一個她因寂寞而幻想出來的對象，一個從她房間的上古之窗濕淋淋走進來的夢中生物？

下一次在陰暗房間見面時，他們兩人都不提在學校巧遇的事情，他卻有意無意和她說起自己的感情觀。「我覺得，很多事情沒有什麼對或錯，只要雙方都同意，那就沒問題。」他晃了晃手裡的酒杯，繼續說，「重點是，有沒有互相尊重。像是，我一直都很尊重妳，對吧？」她想來想去，想不到他什麼時候不尊重過她，所以她點了點頭，同意了他的看法。

只有一次，她對他微微動過怒。學期之初，他不許她選他開的課，她偏偏又對他教授的主題很有興趣。「我們不是說好，公私分開？」她說。「分開是分開，但妳人在課堂上，我沒辦法專心，說到底，還是私事影響了公事。」他說。她想想，覺得也有道理，便退選了那堂課。

後來她開始一個人騎車去南寮漁港。總是在白天。機車在小巷裡慢速穿行，臺灣所有的小巷似乎都是同一種味道，一種結合肥皂水、炒菜煎魚、晦暗客廳神壇燒香，以及被陽光烘乾的狗屎氣味。寧靜的空氣隱隱震動著電視白屏的嗡嗡聲，機車頂著強風前進，風左一陣右一陣地吹，像海浪一波一波打在她的身上。她在新竹壞了好幾把傘，到最後索性放棄撐傘。無論風多大，路多顛，她最後都能平穩抵達南寮。到達之後，也沒特別要做什麼，有時買瓶冰汽水，坐在堤防上邊喝邊看海，有時沿著海岸線

散長長的步，想起小時候好幾次和家人到這裡來放風箏。

風箏的記憶使她心情一暗，過去幾乎每一次的家庭出遊，到最後必定因為勞累、花錢與瑣碎意見的不同而引發大大小小的爭吵。最誇張的一次，父親一氣之下，將她、母親和弟弟直接丟包在高速公路旁的休息站，大半夜的，他們坐在空蕩蕩的美食廣場座位區，媽媽問他們會不會渴，但沒等他們回答，就逕自起身走到另一頭的販賣機去買飲料，現場無人排隊，媽媽卻買了很久。

她坐在打瞌睡的弟弟身邊，腦海不斷回播著媽媽問他們渴不渴時，表情一臉嚴肅正經，但剛剛在車上被爸爸用手抓亂的左半邊頭髮，還亂糟糟、沒有整理好的荒誕畫面。如此衝突的景象，讓她突然有點想笑，也有點想哭。她從小就不明白，人若相處得這麼痛苦，為什麼不能乾乾淨淨切分了斷？為什麼非得牢牢黏在一起，表演家庭出遊這一類親密戲碼？他們是否都把相互掠奪錯當成了無私容忍與互利共生？

離家以前，一家四口住在狹窄的公寓，爸媽睡一間主臥，她和弟弟各據一間狹小無窗的房間，裡頭只夠放一張床、一張書桌和一個衣櫃。那時候阿嬤還在，但已經快病死了，躺在儲藏室清出來的一個逼仄密室裡。每天早中晚，她都聽見阿嬤間歇咳著濃痰的痛苦呻吟，那聲音彷彿從地獄的裂縫流洩而出，藤蔓般攀上家中每一面牆，陰森森地蔚然成蔭，葉片枝枒鎮日滴淌著散發腥臭的黏液。但也不只有阿嬤邁向生命結尾的長吁短嘆，家中所有縫隙都像細胞無時無刻交互滲透著各式各樣的訊息。父親上廁所從不關門，尿液連續灌入馬桶濺起了豐沛響亮的水聲。某人又冷冷說了句惡毒的話。某人又暴怒著咆哮摔門。深夜被隔壁弟弟房間傳來的成人片聲響給吵醒。飯後，食物殘渣卡牙縫，牙線剔牙、咋舌清響、舌頭在口腔裡頂來頂去發出細微的黏稠聲響。那聲響總讓她想起小時候睡在父母床邊，半夜醒來時，聽見肉體碰撞發出的黏膩水聲。是她的感官太敏感，還是其他人太遲鈍？她日日夜夜在不間斷的人體雜音交響之中，逐漸喪失耐心與理智，但是除了她以外，其他人卻那樣若無其事，似乎絲毫不受影響。

一切都太擁擠了。好噁心。好難受。憑著直覺，她很早就知道，人之所以過分親近，是因為內在不安、碌碌無能，所以抱團取暖，求取生存機率最大化。她一直不知道父母究竟是愛著彼此還是恨著彼此。白天言語羞辱，夜晚肉身交合，她不懂，怎能和一個看似如此憎恨自己的人交媾？她這個人本身，是否便是這詭異愉虐關係的產物？她記得小時候，父親一如既往在外逍遙，母親總是坐在她和弟弟面前，一把鼻涕一把眼淚，哭著說，我真後悔結婚，我真後悔生小孩。還是孩子的她轟然一醒。媽媽後悔有我，那麼我是否本來不該存在？她聽見心臟發出刀片割開帆布那樣乾脆響亮的聲音。

所以她討厭任何形式的過分親狎，總是徘徊在團體的邊緣，遠離所有錯綜複雜的人際關係。但自從她遇見他以後，卻覺得自己越來越不像自己。她心目中的自己，一直是堅毅、獨立、正義感強烈的，然而事實卻證明真正的她，其實柔軟、怯懦、道德搖擺。他們說好，這段關係不會更少，也不會更多。她知道，若是要求再多一點，他便會扭頭而去。光是想像他的消失，便使她恐懼地憋住呼吸。已經來不及了，對他的依戀，已如一場綿密無盡的大雨，不分晝夜地下。從他那裡離開後，她一個人回到那位處偏僻的小套房，筋疲力盡躺倒在單人床上，電風扇在她腳邊擺頭吹拂。她盯著那扇透著白光的窗戶，大雨仍然震耳欲聾降下，水漸漸從窗框滲漏進來，沿著牆壁流淌到房間地板，水位逐漸上升，她的大小電器在水裡損壞，鍋碗瓢盆在水裡泡爛，衣服鞋襪在水裡癱軟，就像那場發生在三疊紀綿延了兩百萬年的上古之雨，抹去了大量的菊石、苔蘚蟲與海百合一類生物，生態系統重組，一切都錯位了，恐龍和哺乳形類動物在那之後崛起。她是那些曾經死去事物的來世，是生與死的動態集合體，她不像自己，也不是自己，而那男人便是一場促成脆弱生態系崩毀陷落的滂沱大雨，她眼睜睜看著自己痛苦地幻變成一片陌生的地景。

最痛恨戀愛、約會、相親一類情事的她，有天不知哪根筋不對，答應去和母親安排的一個對象相親。據說是母親一個銀行客戶海外歸國的兒子，對方一見面就毫不客氣露出失望，那失望並非皺眉或嘲諷，而是努力想要維持禮貌，卻藏不住興趣缺缺的分心焦躁。吃完飯後，她主動說要付自己的，對方說：「Sure.」她於是從錢包掏出紙鈔給他，他則拿信用卡去付帳。門口道別時，或許因為難熬的晚餐終於結束，他的神情變得柔和放鬆許多。「Take care!」他朝她揮揮手，便跳上計程車離去，車子從她眼前經過時，她看見他正和某人神情熱切地通著電話。

最後她還是只能回到那個陰暗的房間。

今晚的他仍然渾身綿軟，甚至到了最後關頭，才終於迴光返照般硬了一點。畢竟他年紀真的大了。

她走到廚房去裝水，摸來摸去，找不到任何一個沒有污垢的杯子，只得拿一個看起來比較不髒的，打開水龍頭沖一沖，才裝水進去。她端著水杯，走回床邊，一邊喝水，一邊用最普通的聲調說，「我上禮拜六去相親。」

「妳去相親？」他露出饒富興味的笑容。

「對啊。我媽客戶的兒子，年紀和我差不多，之前在英國念研究所，最近回臺灣的。」她說。

「妳不是最討厭這種事嗎？」他繼續微笑。

「好像也不是不能試試看啊。」

「所以呢？覺得如何？」

「我覺得還不錯耶！可能還會再約。」說謊時，她試著讓語氣維持中立，不過度喜悅，也不過度輕描淡寫。

「那我們是不是不能再見面啦？」

「還是可以再見的吧。」她拿著水杯，小心翼翼在床緣坐下，深怕一個顛簸，水從邊緣溢出來。

其實她真正想說的是，如果可以，她希望可以一直見，每天都見，直到永遠。

但是他笑了笑，沒再接話，低下頭繼續讀一本厚厚的書，於是她也只能把杯子裡的水慢慢喝光。

直到水見底了，直到她聽到他說要睡了，直到她像往常一樣乖順地起身穿衣準備離開，他們都沒有再講起那個話題。就像說起夏至時，那樣無關緊要，只是不痛不癢的插曲。相親的事，好像根本沒發生過一樣，對他們的關係絲毫沒有造成任何影響。夏季已經習以為常，夏季不值得傷筋動骨。多麼堅強不摧的關係。

窗外的明亮夏至，身形敏捷輕巧，來了又走。

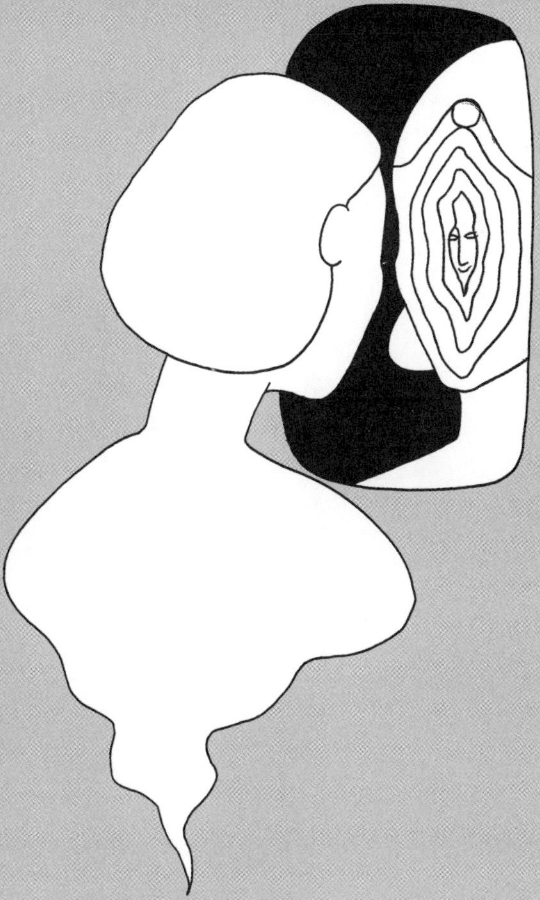

東方美人

對著鏡子，她緩緩塗上鮮紅色的唇膏，膏體滑至唇線邊緣，像一股岩漿融化冰涼的雪。她看著鏡中的倒影，嘴唇豔紅欲滴、色澤飽滿，像兩條上下合抱的括號線，也讓她聯想到充氣娃娃的嘴唇；充氣娃娃的嘴唇長得就像充血的陰唇。這樣的紅，正好襯托出她頭髮的黑。她精心蓄養了一頭烏黑豐滿的黑髮，非常東方，在一群異族人海之中，讓她顯得與眾不同。

被看見總是好的。至於被誰看見、如何被看見，取決的是在她掌控範圍以外的各種無形力量，那力量時而使她自貶，時而使她自滿，然而只要能夠被看見，無論是要她順應，還是要她反抗，她都樂意承擔。

遇見Alex以前，她是不留長髮的，至少從沒主動選擇要留長髮。小時候母親總在每晚洗澡後幫她梳頭，邊梳邊責罵她不懂得自己好好整理頭髮，淑女失格，以後沒有男生喜歡。梳完以後，母親再將她的頭髮整成幾股精密紮實的髮辮，最後再用彩色的小橡皮圈綁起來。母親說，這樣睡醒以後，把髮圈鬆開，頭髮就會變成公主波浪，漂漂亮亮。對母親來說，或許這是母女交心的溫馨時光，她卻從來沒喜歡過這整個梳妝過程。她覺得自己像媽媽的洋娃娃，被迫打扮成她不喜歡、不在乎或是不舒服的模樣。她討厭媽媽綁辮子時用力拽住髮根的力道，感覺頭皮下一刻便會沿著髮際線整片撕開來，她喊痛，媽媽從來不聽，繼續拉扯綑綁的動作，近乎冷酷無情。她感到臉皮整片被往後拉緊鎖上，鼓面般繃得緊緊地，連皺眉都做不到。

母親自有一套美容經。從小到大，她親眼見證媽媽孜孜不倦嘗試各式各樣的美容法。有陣子，媽媽會用保鮮膜一層層把小腿包得密不透風，說這樣可以幫助燃燒脂肪。媽媽還會用米粕敷臉，宣稱這可是知名保養品牌的祕密成分。那米白色的東西聞起來像消毒水一樣刺鼻，有一次她好奇試著塗在臉上，皮膚馬上紅腫燒灼起來，嚇得她趕緊沖掉。自有記憶以來，媽媽也不太吃東西，炸的不吃，甜的不吃，澱粉不吃，生的不吃，就連全家出國旅遊都堅決不破戒，她常說媽媽太過神經質，心底卻不禁悄悄敬佩著這樣的意志力。

國小六年級，她的月經來了，胸部也一個罩杯一個罩杯長了上去。媽媽第一次帶她去買少女胸罩那日，意味深長對她說：「妳現在是女人了。」那句話聽起來，有一圈神聖的光暈，像是被媽媽邀請進入一個專屬於「女人」的祕密會社，雖然那時她還不太懂「女人」到底是什麼意思，但她覺得自己突然間成熟了，不一樣了。尿布般的衛生棉和緊箍著乳房下緣的胸罩，就是成年禮。自從媽媽認定女兒升格女人後，規矩也多了起來，一有機會便耳提面命，女生要端莊、要美，衣服不可以穿太露、嘴巴不要張太開。「怎樣的女人，就有怎樣的男人愛。」媽媽總是半教導、半恫嚇地對她說，好像魅力也是一種考試，男人是有高低排名的學校，女人得卯足全力贏得足夠優秀的分數，才能獲得終極獎賞，被好學校接收，換得一片光明前途。

進入青春期的她，長了滿臉青春痘，手指頭焦慮地擠了又擠，搞到整張臉爛掉。媽媽為她熬中藥，碎唸卻一刻不停，整天唉聲嘆氣嚷著「醜醜醜」，好像長青春痘的人是媽媽自己。她聽著那一刻不停的品頭論足，覺得自己永遠達不到媽媽所謂「美」的標準，積年累月的不滿加乘青春期的荷爾蒙雲霄飛車，母女倆整天吵得不可開交，關係最緊張的時期，兩人在家擦身而過，陌生人一般視而不見，一句話都不說。

高二的時候，她看著母親在客廳中央撕心裂肺朝著父親怒吼，說父親狼心狗肺。她安靜躲在房間聆聽外頭的風暴，內心譴責著父親的外遇不忠，同時一股異樣的勝利感也油然而生。她和母親之間的戰爭，終究是她贏了。一輩子那樣精心打扮，日日夜夜把自己當公主般保養著、豢養著的母親，最後還不是失去了丈夫的愛。

一到可以決定自己髮型的年紀，她就把頭髮剪短。並不是因為覺得剪短比較好看，那時的她美感意識還很薄弱，長髮短髮在她眼裡都一樣。她剪短只是希望和媽媽以及那些與媽媽同類、留公主頭、巴望被人愛的女同學們不一樣。她覺得這樣比較與眾不同，並對拒絕同流合污的自己感到暗暗得意。別的女生選粉色或米色，她偏選黑色或藍色；別人穿裙子搭芭蕾平底鞋，她堅持長褲配運動鞋；別人興高采烈討論美髮、美甲，她不屑一顧，刻意鑽研物理化學那些她認為較陽剛的科目。與其說她以「想成為什麼樣的人」為動力成長，不如說她是以「不想成為什麼樣的人」的反抗意識長大。

然而二十六歲留學歐洲那年，遇到Alex後，她竟開始興起留長髮的念頭。

Alex家境優渥，小時候學校只要放長假，一家人就會出國度假。而所謂的「出國」，指的多半是歐洲各國與美加各地，異國情調一點的是摩洛哥、突尼西亞和土耳其。Alex是家裡的特例，從小就因沉迷日本動漫而對「遠東」產生濃厚興趣。然而對Alex家人而言，東亞對他們而言太過抽象，是一團混融了功夫、藝伎、佛教、茶葉、珍珠奶茶，還有吃了可能會讓人拉肚子的新奇路邊食物的概念綜合體，無論是物理上或心理上的距離都過度遙遠，完全激不起足夠的浪漫想像與冒險興致。

剛認識那時，Alex總誇她長得「很東方」。第二次約會，Alex著迷地盯著她的臉，說：「妳長得好像《追殺比爾》的Lucy Liu。」回家後，刷牙時她看著浴室鏡子裡的自己，她的眼睛沒有特別細長，也沒有特別傾斜，她覺得自己和Lucy Liu一點也不像，但她學到一件事，長得像Lucy Liu是一件好事，因為Alex喜歡，Alex看得懂。從那一天開始，她決定留長髮，又長又直，烏黑絲滑如水墨瀑布的黑色長髮。

Alex對東亞文化如數家珍。他說自己小時候超愛李小龍，還為此去社區活動中心學過功夫，後來迷上《七龍珠》、《遊戲王》、《火影忍者》、《鹹蛋超人》、《神隱少女》，日本就此成為他魂牽夢縈的夢幻國度。然而大學以後，Alex的口味變得更文藝，《末代皇帝》、《藝伎回憶錄》、李安、王家衛……每每講起那畫面、那氛圍、那對白，Alex都如癡如醉，這些電影雖然不是她拍的，她卻莫名覺得與有榮焉。

第一次上床那晚，他們就是在重溫《末代皇帝》。螢幕上，強權帝國力量滲透，古董擺設般的嬪妃隨著王權灰飛煙滅，寂寞皇帝溥儀在紫禁城裡騎腳踏車、打網球，會抽菸、愛跳舞的皇后婉容在鴉片煙霧中一點一滴魂飛魄散。電影還沒播完，她和Alex就抱到了一起。激情之際，Alex忘情吶喊：「妳的屄好緊，妳這亞洲蕩婦……

喜歡白人屌嗎？爽不爽？」事後，Alex躺在床上與她相視而笑，回復了平常的斯文模樣，靦腆地說：「我喜歡這種有點不太政治正確的dirty talk，但對我來說，那只是一種角色扮演，我不是真的那樣想喔！」她報以微笑。她沒說出口的是，其實聽他那樣說，她也覺得很興奮。

高三以後，父親就搬離了家，後來才聽說，父親和那個小他二十幾歲的情婦在陽明山的一幢大房子過起了同居生活。在家裡，父親和母親甚至不睡同一間房。後來就連母親罹患乳癌三期的消息，都沒能使父親大徹大悟，重返家庭。她應該同情母親的，但她卻不無罪惡感地發現，比起同情，厭惡的情緒更加強烈。她的母親天天咒罵父親，但是母女倆住的房子、治療癌症的醫藥費，還有零零星星的生活費，卻也都是父親給的。除了父親的不在場之外，房子裡的生活幾乎和過去一模一樣。為了放鬆心情，母親除了開始練習呼吸與冥想外，也開始天天坐在靠窗那張深綠色扶手椅上打毛線，穿針引線、拆拆縫縫，一坨坨彩色棉線落在母親腳邊，像一簇簇凌亂褪色的羽毛，從一隻曾經風情萬種、如今卻年老色衰的鳥身上脫落，而這隻鳥卻仍在倔將地修修補補。即便母親漸形頹敗，從前的習慣還是沒改，只要她經過客廳，還是會像以前一樣射出銳利視線，批評她頭髮太亂、屁股太大、手臂太粗、大腿太肥，「妳這樣沒有男人會愛。」母親的語氣仍然非常篤定。

每天晚上經過母親的房間，她都能從半掩的門縫，看見母親坐在梳妝檯前的身影。母親因化療而掉落的頭髮，後來慢慢長了回來，只不過髮質變得粗糙脆弱，不再像過去那樣光滑發亮。母親的臉也在治療後一夕老去，無論睡多久，黑眼圈都還是很明顯，臉皮像沙皮狗般垮下來，失去了昔日的緊繃光潤。然而母親還是不厭其煩地塗抹一罐又一罐乳霜精華與保養液，像一隻羽毛逐漸稀疏的金絲雀，珍惜著所剩無幾的幾片鳥羽。母親意志堅定的模樣，讓她不知該感到欣慰或憂心。

她想起在《廣告狂人》（*Mad Man*）影集裡看過的一段話。其中一集，一個中年婦女和花心前夫重逢，前夫當初為了一個二十幾歲的助理，毅然決然離開了數十年的婚姻。剛離婚那會，這位婦女形容枯槁、哭天搶地，然而這回久別重逢，中年婦女卻變得容光煥發、姿態雍容，她意味深長看著眼前那個因婚姻再度觸礁而面如死灰的前夫說：「曾經我以為你為了一個年輕女人離開我，是因為我老了，後來我才明白，其實那是因為你老了。」

她想走進房間，和獨自坐在梳妝檯前的媽媽分享這個故事，但最後她總是移開視線，無聲無息走回自己的房間。家裡除了她和媽媽以外，還有一個哥哥，只是這哥哥自離家上大學後就像個隱形人，來無影，去無蹤，幾個月才回家一次，回來了也總是關在自己房間。哥哥大她三歲，兄妹倆從小就不親，以前她看哥哥來去匆匆、沉默寡言、開口只為要錢、完全不怕父親打罵管教的言行舉止，覺得哥哥性格獨立叛逆，根本不在乎別人怎麼看自己。但後來，她發現父母嘴上罵哥哥，行為上卻處處伺候周到，她這才後知後覺，哥哥不是叛逆，不是獨立，而是信心滿滿地咬定了父母不能沒有他這個將來要繼承香火的唯一兒子。

小時候某次過年，哥哥把她的紅包據為己有，她吵著要回來，哥哥竟用力推了她一把。她向後摔倒在地上，撞翻了茶几上的熱茶杯，熱茶淋到她手臂上，她放聲大叫。媽媽聽見吵鬧聲跑進客廳，聽完來龍去脈後，用一種超然的權威語氣說：「就這一點錢，給哥哥會怎麼樣?!」她不意外，媽媽從小把哥哥當成寶，什麼好的都先給他。自從父親離家後，哥哥似乎更直接躍升為一家之主，媽媽整天繞著哥哥轉，凡事以哥哥的需求和利益為優先，把從前侍奉父親的全副精力，轉而全數傾注到哥哥身上。

小時候，全家過年圍爐，那時奶奶還在，夾菜的時候跟她說：「知道嗎？女孩子家，筷子拿底下一點，以後就會嫁得近，拿高一點，就會嫁到很遠的地方。」聽了奶奶的話後，她就開始把筷子握得很高。她想要去一個很遠很遠的地方，一個離這裡越遠越好的地方。她無法想像自己嫁給一個和爸爸或哥哥相似的人，拒絕踏入另一個既父權又厭女的傳統家庭。

她一直都知道，她終究是會嫁到國外去的。

她不知道自己怎麼知道，但她就是知道。或許是從小受到西方浪漫電影的影響。或許是媽媽曾經感慨嘆道「外國人比較開放，不像臺灣男人那麼大男人」。又或許是，大大小小的逃離渴望實在嵌得太深，以至於這樣的渴望經年累月逐漸轉化成一種逃跑的宿命感。因為這樣的宿命感，她在和國中同班的男友、高中補習班的別校男友，還有大學時交往過的兩任對象談戀愛時，無論經歷的是忐忑害羞的告白、培養感情的出遊、吃飯追劇的日常，還是慶祝週年紀念日等這類情侶活動，她總感到一種靈魂出竅的疏離感。一小部分的她，還留在血肉現實中，和眼前的男友說話談笑、吵架落淚、纏綿歡愛。但一大部分的她，卻態度超然地漂浮上空，漠然看著底下說話動作的自己，像個旁觀者般隔岸觀火，好像這一切都不關己事，都是暫時的，都會過去。因為她真正的宿命歸屬不在這裡。

直到遇見了Alex，她才覺得人生正式剪綵。一切感覺都對了。倫敦小倆口生活、歐洲鄉村假期、金髮碧眼異族人餐桌上屬於她的一個位置。Alex爸媽住在倫敦附近，哥哥正在打離婚官司，和父母住在一起；Alex的姊姊和伴侶在布萊頓經營瑜伽教室，一家人感情很好，Alex和姊姊一有機會就回父母家共度週末。Alex父母年輕時投資有成，十分富裕，過著精緻的消費生活，餐桌上談論的是政治、藝術與哲學一類話題。她覺得他們都是受過教育、慈善有禮的文明人。這樣明亮和善的家庭氛圍，更凸顯出她自己的原生家庭多麼落後低俗。因此當Alex的爸爸抱怨當年愛吃野味的亞洲人如何造成武漢肺炎害慘全世界，或是Alex的哥哥一遇到她便不斷拋出各種徘徊在歧視邊緣的玩笑時，她總是不無奉承地捧場微笑。她希望自己能在Alex家人面前留下好印象，讓他們打從心底相信，她和他們是一樣的，是一國的，是同一個鼻孔出氣的，值得晚餐桌上這一個堂堂正正、平平等等的位置。

至少Alex的媽媽和姊姊對她不錯，她們一起做菜，一起逛街購物，一起喝下午茶聊八卦，她能感到她們小心翼翼不表現出任何偏見歧視，盡己所能地釋放包容與善意。只不過，有幾次在街上巧遇熟人的場合中，她注意到Alex媽媽將在場的人全介紹了一輪，卻唯獨不介紹她，而對方也彷彿沒看到她一般，從頭到尾沒瞧她一眼。她有點受傷，但是她理解。世上人百百種，落在保守與開放的光譜之間，就算Alex媽媽接納她，卻也無法完全不在乎社交圈中其他人的眼光。她記得剛交往時，Alex說他在路上遇到許久不見的小學同學，對方問他現在有沒有對象，Alex如實告知，對方卻自認俏皮地擠了擠眼，對Alex說：「我就知道你是那種會找泰國新娘的男人。」

「你不在意他這樣說嗎？」她問。

「根本不在乎。會這樣想的人，我也沒有把他當朋友。」Alex說。

「現在竟然還有人連臺灣、泰國都分不清楚。」她忿忿不平。

和Alex交往多年雖偶有芥蒂，然而一家人都混熟了，大小齟齬，眼睛一閉、咬牙一忍就過去。唯一讓她感到有點不習慣的，是每週固定幾次到Alex父母家工作的幫傭Yustina。那女人肌膚雪白，一頭棕色長髮紮成俐落馬尾，淺綠色瞳孔如玻璃珠般透明。Yustina講起英文時口音濃重，同個句子重複好幾遍，她還是聽不懂，再加上

Yustina總是一副不苟言笑的模樣，讓她有點害怕和Yustina說話。問了Alex，才知道Yustina來自某個東歐國家，這個國家她以前連聽都沒聽過，後來她上Google地圖查了一下，順便讀了些維基百科，發現Yustina的家鄉政府貪污嚴重，黑幫橫行，基礎建設差，人民生活貧窮，許多人不得不離鄉背井求生路。遇見Yustina以前，她從沒想過白人也會當幫傭，在臺灣，親朋好友家裡的幫傭，幾乎都來自東南亞國家，膚色多半偏深，和Yustina的雪白截然不同。在她的想像裡，白色一直和富有與豐饒連結，黑色卻總是和貧窮與匱乏相連。她想起曾和Alex一起看過一部關於菲律賓前第一夫人伊美黛．馬可仕的紀錄片，畫面裡，伊美黛穿著一襲華美的衣裝，到貧民窟去探望底層人民。當年馬可仕政府貪腐嚴重，大肆吸取民膏民脂，國家由盛轉衰，大批人民離鄉謀生，然而在紀錄片裡，伊美黛笑著說自己之所以穿著華服，是因為人民需要仰望星星。她不禁想，是因為家鄉的那些馬可仕與伊美黛，Yustina才出現在這裡嗎？

有一次，她和Yustina在廚房獨處，Yustina問起她和Alex是怎麼認識的。她說完以後，Yustina用一種意味深長的笑容對她說：「Good job.」她覺得有些不舒服，當下卻也沒有追問Yustina那一句「Good job」是什麼意思。或許，Yustina單純只是在恭喜一段愛情修成正果？又或者Yustina其實是在諷刺她，暗指她這個黃皮膚亞洲人攀上一個白皮膚英國人，實在是機關算盡太聰明呢？

自從和Alex交往，她便時常陷入這些細碎的疑神疑鬼中，總覺得自己必須不斷和別人證明她和Alex交往的意圖純粹性。

就像和Alex戀愛剛公開那時，她在社群上分享了一張兩人出遊的照片，沒想到國中交往過的那個前男友突然私訊她，幾年沒說話，劈頭第一句卻是：「沒想到妳也是個喜歡哈洋屌的。」她控制不了自己的手指，回了：「洋屌也比你這頭父權豬好。」然後就封鎖了他。後來她想了很久，前男友說的「洋屌」，應該單指「白人模樣的外國人」，而她真的喜歡哈洋屌嗎？哈洋屌有錯嗎？她想起朋友的朋友，一個和美國人交往的台灣女生，說她覺得美國人很「特別」，而這樣一個「特別」的人喜歡自己，是不是就代表她也是「特別」的？

當時，她對這個言論不以為然，但今時今日，卻發現自己似乎站在同樣的針尖上。

她逼自己想像，如果Alex不是白人，她還會像現在一樣愛他嗎？她答不出來。

若Alex不是個白人，他就不是他了。或許他的「白」，一部分造就了他的社經階級、性格特質、家庭狀況與價值觀，而相愛最重要的，說到底，不就是尊重彼此的生活、家庭、性格與想法嗎？難道Alex愛她，她愛Alex，這樣兩情相悅的現實還不夠？既然如此，還有什麼好解釋的？難道要她為了某種政治正確或自證清白，刻意逼迫自己違背心意，放棄心之所向？難道關於愛一個人背後的衝動、目的、想像與期望全都該被一一分析，以證明那不可能存在的「純粹性」？那不又是另一種道德審判、不切實際、自我壓抑和情慾審查？

傾盡腦力，她還是沒有結論。

只是今天她有一點緊張。

Alex有個長年住在德國的老友John，兩人從小在同一條街上長大，雖然日後兩人各奔東西，卻還是一直保持著聯絡。John和女友Betty回英國辦事兼探親，約了Alex和她一起吃晚餐。這是她第一次和John與Betty見面。出發前，Alex事先警告她，John和Betty這一對，臭味相投，喜歡一搭一唱，自詡黑色幽默大師，講話有些口無遮攔。「等會他們如果說了什麼，妳就當他們是在說笑話，不要太認真。」Alex摟了摟她的肩膀，像是提前安慰了她，這個舉動卻讓她更緊張。

她像往常參加重要活動一樣，將一頭黑髮梳理得光彩照人，塗上鮮明的大紅色口紅，穿上一件能凸顯出東方韻味的黑色洋裝。化妝檯上的燈泡照亮了她的面容，細微的毛孔也一清二楚。傍晚涼風從微開的窗縫透進來，她想起也是在這樣的一個涼爽早夏傍晚，二十歲出頭的她和韓國室友金在宿舍房間裡化妝，準備一起去市中心一家酒吧參加某個同學號召的派對。那時她剛到英國，留學生活初展，她和金在語言學校認識，後來變成室友。就是在那晚的派對上，她認識了Alex。

和Alex交往以前，她在英國的社交圈，只有金，還有幾個來自中國和東南亞國家的女生。幾個女生的性情差異頗大，若是在其他情況下相遇，或許並不會成為朋友。然而身在一個人生地不熟的國度，她們不喜歡落單，不喜歡看起來邊緣，只好努力克服彼此差異，抱團取暖。她們在宿舍喝紅酒、看亞裔美籍單口喜劇女演員在舞臺上大剌剌說著，讓白人男友舔下面是一件多麼令人感到權力滿滿的事。她在笑聲中瞥見，那個來自馬來西亞的穆斯林女同學蘇，露出了不明所以的尷尬表情。

然而自從和Alex在一起後，她彷彿瞬間獲得一張隱形門票，打入了Alex滿是白人的社交圈。這群人和善、活潑，談的話題也有趣。漸漸地，她和Alex這一掛相處的時間多了，和金以及其他人的相處慢慢少了。有一次，她和Alex一夥人開車到海邊，男男女女褪下衣服，穿著泳衣在陽光下跑跳，喝啤酒，做日光浴。她和Alex與一個叫Kenna的女生坐在一起，邊看海，邊閒聊。Kenna的頭髮貼著頭皮、剃得很短，微肉的身材像一團乳白色的雲朵，嘴唇、耳朵和鼻子都穿了無數個銀環，戴著一副二手市集買的大墨鏡，香菸一根接一根抽，是時下英國年輕人最流行的一種模樣。

Kenna喝空了一罐又一罐啤酒，說話開始大聲起來，和Alex聊到男女同工不同酬，口氣激動，從有毒的男子氣概說到令人髮指的強暴文化，再繞回現代平權表象底下根深蒂固的性別刻板印象。她躺在Alex身邊，陽光將她的身體曬得熱熱的，她心裡也鼓譟得熱熱的，胸口湧動著很多話想說，但每次一開口便馬上被其他人蓋了過去，一直支支吾吾，找不到機會插上話，也沒人停下來問她怎麼想，最後她只好放棄，乖乖當Alex與Kenna的談話聽眾。

從沙灘離開後，一群人到酒吧喝酒，從一家喝到另一家，不知不覺已時近午夜。天花板低矮的幽暗酒吧裡，人群像黏液般緩慢流動，現場樂團的巨大聲響充斥每一個角落，她因酒醉而視線模糊，坐在Alex旁邊休息，恍惚之中，她看到Kenna叼著菸，低下頭讓Alex用打火機幫忙點菸，點燃後，凶神惡煞地抽了一口，又惡狠狠仰頭灌了一大口酒，表現著一種逞凶鬥狠的氣魄。Alex笑說：「妳會不會喝太多啦？」Kenna用喝茫了的迷離眼神盯著Alex說：「別小看我，我才不是亞洲來的那種柔弱小鳥。」

她聽見了，突然暈眩起來，心裡很不是滋味，卻也不知該怎麼反駁，害怕自己認真了，反而不酷了。

這一切，都讓她想起國高中的那些時光，班上總有閃亮的核心團體，以及比較黯淡的邊緣人。金和蘇那群朋友，就像徘徊在外圍看熱鬧的同學，在一個體制上與組成上不屬於他們的國度，力爭上游，奮力沾光。而Alex和Kenna這群人，看似漫不經心卻永遠置身話題中心，不必努力自證，存在感就很強烈鮮明。她不是不喜歡金和蘇，但是她更渴望融入Alex和他的朋友們，即便那融入的過程，似乎永遠是單向的。她當然可以裝作不在乎，撇過頭去自成一格，關起門來過自己的。但她就是無法完全不在乎，甚至感覺那樣的自導自演，有一種負氣的悲哀，因為在人群與時代洪流之中，根本沒有人會注意、遑論在意她一個人的轉身。

餐廳選在一家日式料理店。John穿著緊度適中的深藍色薄毛衣，剛剛好地凸顯肌肉線條，紅中帶金的頭髮梳整得一絲不苟，一雙大眼閃爍著古靈精怪的光澤，像一個成人身高的愛爾蘭小精靈。Betty染了一頭金髮，髮根處微微透出深棕色的陰影，濃眉搭上一對細長眼睛，一笑就露出滿口牙齦，牙齒一顆一顆又大又白，讓她聯想到馬。John和Betty性格裡都有喜愛戲弄與挑戰的傾向，頭腦轉得快，妙語如珠，不間斷唱雙簧，地獄梗一發接一發，毫無喘息鬆懈的空檔。她想在Alex的老朋友面前留下好印象，於是上緊發條，盡量跟上乒乓球般快速拋接來回的對話，卻漸漸感到發條變鬆，腳步失守，注意力渙散，笑肌發痠發痛，被一波又一波無形攻擊一路推到懸崖邊緣。

「所以，你們是怎麼認識的？」突然Betty轉了個話題。

「派對上認識的。」Alex說。

「你和她交往，是不是因為她很有異國情調？」Betty用下巴指了指她。

Alex頓了一下，說：「不是只有異國情調。」

Betty沒有回應，自顧自又說起別的。「你去亞洲應該很受歡迎吧？像我弟去中國唸書後，到現在已經六年了還不回家，他在這裡這麼普通，到那邊可搶手的。」

「是有些優勢吧。」Alex含糊地說。

「我之前去約旦玩，也是很炙手可熱。」Betty說，「像我這種金髮女人在那邊很少見，一堆人盯著我看，還有人說要付錢跟我合照。」

「這世界到哪裡都一樣啦。」Alex說。

「但你真的從以前就喜歡跟別人不一樣。」John插嘴，臉上帶著一種親暱的訕笑。

碗盤已經空了，她坐在那裡，臉上僵持著笑容，卻感到內裡發虛。然而為了表示自己是那種開得起玩笑的「很酷的亞洲人」，她保持體面，繼續談笑風生，手卻忍不住不斷搓弄著一張紙巾，在指間反覆纏繞又解開，纏繞又解開。她想起很多年前，坐在落地窗前反覆打著毛線的母親，突然發覺，母親毛線打了那麼多年，她卻不記得曾經看過任何出自母親之手的成品。

開車回家的路上，她感到前所未有的筋疲力盡。按下窗戶，夜晚的涼風灌進來。

「妳還好嗎？」Alex關切的手伸過來，在她的大腿上按了按。

「還好。」她說。

「妳沒被Betty的話影響到吧？」Alex邊說，邊頻頻轉頭觀察她的表情。

她對Alex露出微笑：「沒事啦。」

「沒事就好。」Alex的手又鼓勵地在她腿上按了一下。

晚風盈滿兩人之間的沉默，風裡有雨、泥土和引擎廢氣的味道，黑暗的路上，對向車輛不時呼嘯而過。車子駛入燈火斑斕的城市，天空開始飄起毛毛細雨。車在紅綠燈前停下，行人紛紛跨越馬路，她的頭靠在冰涼玻璃窗上，突然看見一對情侶挽著手從斑馬線上走過。男的是一個高大的金髮白人，女的是一個矮小的亞洲女子。兩人有說有笑地慢慢走遠。細雨自鐵灰色的天空深處紛紛落下，萬花筒般的色彩在潮濕之中浮動，像一條光河，多層次的砂石雜質層層交疊，在那水上倒影裡，她朦朦朧朧看見一個奇異的畫面：Alex的家庭聚餐，滿桌美食美酒。所有人都在，只是這次多了一個新人，另一個東方美人，穿著凸顯身材的夏季洋裝，手裡優雅握著銀刀銀叉，坐在她旁邊和她分食同一塊溫熱的麵包，不卑不亢與她閒話家常。她感到一股五味雜陳的不悅，並對這樣的不悅感到無以名狀的羞恥。

她用力眨了眨疲憊的眼睛，濕淋淋的斑斕光河消失了。她突然清晰地意識到，此時此刻，全世界只剩下她所置身的這個昏暗車廂，裡頭有Alex，還有她。

THE NIGHT IS STILL YOUNG
夜晚還年輕

作者 —————— 趙又萱 Abby Chao
內頁插畫 ———— 趙又萱 Abby Chao

責任編輯 ———— 蔡旻潔
裝幀設計 ———— 吳佳璘

發行人兼社長 —— 許悔之
總編輯 —————— 林煜幃
設計總監 ———— 吳佳璘
企劃主編 ———— 蔡旻潔
行政主任 ———— 陳芃妤
編輯 ——————— 羅凱瀚

藝術總監 ———— 黃寶萍
策略顧問 ———— 黃惠美 · 郭旭原
郭思敏 · 郭孟君 · 劉冠吟
顧問 —————— 施昇輝 · 林志隆 · 張佳雯
法律顧問 ———— 國際通商法律事務所
邵瓊慧律師

出版 —————— 有鹿文化事業有限公司｜臺北市大安區信義路三段106號10樓之4
T. 02-2700-8388｜F. 02-2700-8178｜www.uniqueroute.com
M. service@uniqueroute.com

製版印刷 ———— 沐春行銷創意有限公司

總經銷 ————— 紅螞蟻圖書有限公司｜臺北市內湖區舊宗路二段121巷19號
T. 02-2795-3656｜F. 02-2795-4100｜www.e-redant.com

ISBN ————— 978-626-7603-19-2
初版 —————— 2025年3月
定價 ——— 400元

夜晚還年輕 The Night is Still Young ／趙又萱 Abby Chao 著 — 初版 · — 臺北市：有鹿文化，2025. 面；公分 —
（看世界的方法; 283）ISBN 978-626-7603-19-2（平裝） 863.57………… 114002127